Mohammad Reza Bayrami
Djalal reitet um sein Leben

Kinder- und Jugendbücher
aus Afrika, Asien, Australien und Lateinamerika,
herausgegeben vom Kinderbuchfonds Baobab
der Erklärung von Bern
und terre des hommes schweiz

Gabriel Verlag

Mohammad Reza Bayrami

Djalal reitet um sein Leben

Eine Erzählung aus dem Sabalan-Gebirge
im Iran

Aus dem Persischen
von Jutta Himmelreich

Nagel & Kimche

Die in Schrägschrift gesetzten Wörter und Ausdrücke werden ab Seite 130 erklärt.

1

Ghaschgha schnaubt, als wir aus der Schlucht herauskommen. Ich hebe den Kopf und sehe das Dorf vor uns liegen. Es sieht aus wie ein grauer Fleck, der sich an beiden Seiten des kleinen Flusses ausgebreitet hat. Im unendlichen weißen Schnee wirkt er noch dunkler. Ich komme zwar nicht zum ersten Mal nach Vargeh Saran, aber zum ersten Mal zu dieser Jahreszeit. Vielleicht finde ich deshalb auch, dass alles ganz anders aussieht als sonst. Die Häuser sind geschrumpft und die Straßen viel schmaler. Ich finde, das Dorf sieht aus, als hätte es vor lauter Kälte seine Arme und Beine eng an sich gezogen und sich eingekuschelt.

Ich lasse die Zügel auf den Sattel fallen und reibe mir die Hände. Sie sind ganz gefühllos geworden vor Kälte. Ghaschgha biegt ab zu den Silberpappeln. Kerzengrade stehen sie in einer Reihe, kahl und nackt. Während wir an ihnen vorbeireiten, höre ich ein Krächzen. Ich schaue hoch und sehe einen Raben. Er sitzt auf einem Ast, einsam, schwarz und beobachtet uns. Im Himmel über ihm bauschen sich Wolken zusammen, die der Wind wieder auseinander treibt. Sie senken sich gemächlich herab. Der Rabe fliegt auf. Ich schaue ihm so lange nach, bis ich ihn aus den Augen verliere. An seinem Flug kann man erkennen, dass es bald schlechtes Wetter geben wird. Ich ziehe kurz am Zügel und lasse ihn gleich wieder locker, damit Ghaschgha schneller geht. Die Pappeln liegen jetzt hinter uns. Von hier aus kann man den Wasserfall bei der Mühle hören, unterhalb des Dorfes. Das Flüsschen fließt über das große alte Mühlrad und setzt die Flügel der Mühle in Bewegung. Dann macht es einen Bogen und fließt unterhalb der Pappeln weiter. Vor der Mühle herrscht Hochbetrieb. Die Männer, die aus den Dörfern in der Gegend gekommen sind, haben ihre Maultiere und Pferde an die Bäume am Ufer gebunden, sitzen herum, reden, rauchen und warten, bis ihr Getreide gemahlen ist.

Ghaschgha geht über die Brücke und biegt zur Mühle ab. Ein Esel beobachtet uns und macht mit seinem «Ii-ah-ii-ah» die Männer auf uns aufmerksam. Die unterbrechen ihre Gespräche und schauen einander an. Ihre Blicke sind ernst und durchdringend. Ich will sie möglichst rasch hinter mir lassen. Also presse ich Ghaschgha meine Absätze in die Seite und sie trabt schnell an den Männern vorbei, die uns nachschauen.

Wo wohnt jetzt bloß der Doktor? Mama hatte mir erklärt, sein Haus sei direkt am Fluss und das Hoftor öffne sich zum Ufer hin. Das Obergeschoss sei weiß gekalkt, man könne es von weitem erkennen. Aber ich kann überhaupt nichts erkennen und weiß nicht weiter. Ich suche lieber jemanden, den ich fragen kann. Drüben, am anderen Ufer, steht ein Mann auf einem Dach und schneidet *Luzernen*. Ein Junge wirft sie durch ein Loch im Dach in die Vorratskammer. Am Dachrand steht ein roter Hahn, still und stumm. Plötzlich habe ich das Gefühl, dass mich jemand hinter mir durch ein Fenster beobachtet. Ich drehe mich um, weil ich fragen will, wo der Doktor wohnt, aber die Frau am Fenster schaut weg. Ich sage nichts. Wir traben an dem Fenster vorbei. Langsam wird mir unheimlich. Jetzt erst kommt mir in den Sinn, dass ich hier ja fremd bin und die Leute nicht einfach so ansprechen kann.

Wir zuckeln langsam weiter. Plötzlich bricht über uns ein Höllenlärm los. Ich bleibe sofort stehen. Ghaschgha wiehert und steigt. Ich rutsche rückwärts und halte mich schnell am Sattelknauf fest,

damit ich nicht runterfalle. Im selben Augenblick sehe ich auf dem Dach über mir einen riesigen schwarzen Hund. Der bellt uns an, hat sein Maul weit aufgerissen und ist zum Sprung bereit. Als ich seine spitzen weißen Zähne sehe, rutscht mir vor Angst fast das Herz in die Hose. Er wedelt wütend mit dem Schwanz und bellt so laut, dass man denken könnte, wir beide sind seit hundert Jahren Feinde. ‹Hoffentlich dreht er nicht durch›, denke ich. ‹Spring mich bloß nicht an, du!›
Ghaschgha hat sich inzwischen beruhigt und läuft weiter. Ich presse ihr die Knie in die Seite. Den Hund lasse ich nicht aus den Augen. Er ist so dicht an meinem Kopf, dass ich seinen warmen Atem im Gesicht spüren kann.
Wir setzen unseren Weg fort. Der Hund läuft neben uns her, von Dach zu Dach. Ich höre, wie seine Pfoten über die Lehmziegel kratzen und denke: ‹Wenn ich jetzt einen Stock hätte, könnten wir schnell rausfinden, ob du wirklich so mutig bist, wie du tust, oder ob du bloß 'n großes Hundemaul hast.›

Sein Gebell geht mir auf die Nerven. Plötzlich taucht über einem der Dächer ein Kopf auf und eh ich mich's versehe, fliegt dem Hund ein Stein an die Brust.

«Hier wohnt doch Doktor Djahangir, oder?»
«Ja.»
«Ist dein Vater zu Hause?»
«Du meinst wohl meinen Großvater?» Sie nickt und schaut hoch zum Obergeschoss. «Wart einen Moment.»
Sie lässt das Tor offen, läuft über den Hof und verschwindet im Treppenhaus nach oben. Ich schaue mir den Hof genauer an. Jemand hat säuberlich Schnee gefegt. Ein paar Hühner picken eifrig im Stroh, das dort verstreut liegt. Der Hund sitzt jetzt an der Hauswand und lässt mich nicht aus den Augen. Zwischen den Dachbalken über ihm zwitschern und flattern Spatzen aus und ein. Die haben sich dort oben ihre Nester gebaut. Aus einer Öffnung rechts im Dach steigt schwarzer Rauch auf und es riecht nach frischem Brot.
Ich streichle Ghaschgha.
«Du bist doch nicht müde, oder?»
Ein Fenster quietscht. Ich schaue nach oben und sehe einen Mann. Er hat den Fensterladen aufgemacht und schaut mich durch die Glasscheibe an. Über die Schultern hat er einen alten wollenen Umhang geworfen. Er nickt und grüßt mich. Dann wendet er sich ab. Er bewegt seine Lippen und sagt etwas. Kurz darauf kommt das Mädchen wieder ans Tor.

«Mein Großvater sagt, du kannst reinkommen.»
Ich drehe mich um und schaue Ghaschgha an.
«Mein Pferd, was mach ich mit meinem Pferd?»
«Das kannst du mit reinbringen», sagt sie und hält uns einen Torflügel weit auf. Ich führe Ghaschgha am Zügel in den Hof. Dabei stößt sie an den Türklopfer. Der bellt jetzt gar nicht mehr. Die Hühner hinterm Tor flüchten, als sie uns hören, der Hund steht auf. Ich gehe nur zögernd vorwärts.
«Keine Angst», sagt das Mädchen. «Der tut dir nichts.»
«Wo soll ich mein Pferd anbinden?»
Sie zeigt auf eine Tür am Ende des Hofes. «An den Haken am Stalltor kannst du sie binden.»
Also binde ich sie dort an und gehe zur Treppe, die in den ersten Stock führt. Ich ziehe meine Stiefel aus, steige hoch und komme in einen kleinen dunklen Vorraum. Von hier aus führt eine Treppe weiter nach oben. Neben der Treppe ist auch eine Tür. Unter der sehe ich Licht. Ich warte einen Moment, damit sich meine Augen an die Dunkelheit gewöhnen, und schon geht das Mädchen an mir vorbei und macht mir auf. Es riecht nach Holz, verrottet, von Termiten zerfressen.
«Salam.»
Der Doktor sitzt neben dem Ofen in der Ecke auf einem Schaffell. Er begrüßt mich. Schlank ist er,

hat ein schmales Gesicht und einen Blick, als ob er einen aus großer Entfernung anschaute.
«Was stehst du da? Komm, setz dich.»
«Es geht schon», antworte ich.
«Wenn du gekommen bist, um mich zu holen, musst du dich gedulden. Es wird ein Weilchen dauern, bis ich reisefertig bin. Wolltest du solange im Stehen auf mich warten?»
Ich mache ein paar Schritte und setze mich ans Fenster.
«Im Winter kriegt man das Zimmer hier oben nur schwer warm. Aber immer, wenn die Frauen ihr Brot backen, bleibt mir nichts übrig, als mich vor dem Rauch hierher zu flüchten. Im Winter gibt's zwischen Mensch und Federvieh nicht den geringsten Unterschied.»

Ich sehe mich im Zimmer um. Auf dem Wandregal steht ein Samowar aus Messing auf einem Tablett von der Sorte, die Mama «Neusilber» nennt. Außerdem steht da eine schöne Wasserpfeife. Daneben liegen ein paar staubige alte Bücher. Und neben den Büchern steht eine Flasche mit Alkohol, in der eine Schlange schwimmt. Zusammengerollt und mit weit aufgerissenem Maul starrt sie uns an. Der Doktor wendet sich zur Tür. «Tee. Bring ein Glas Tee!»

Ich will ihm sagen, dass ich keinen Tee trinke. Aber dann fällt mir ein, dass er ihn ja vielleicht für sich selbst bestellt hat, und so bin ich still.

«Du sagst also, bei euch ist jemand krank?»

Ich hatte zwar noch kein Wort gesagt, antworte aber: «Ja, mein Vater ...»

«Wer ist denn dein Vater?»

«*Masch* Heidar.»

«Welcher Masch Heidar?»

«Er wohnt im Haus hinter der Mühle von *Dadeh Kischi*. Der Nachbar von Masch Asshagh.»

Die Miene des Doktors hellt sich auf.

«Aha, ich weiß. Ich kenne deinen Vater gut. Wir haben Salz und Brot miteinander gegessen. Und Masch Asshagh ist ein alter Freund von mir.

Er müsste doch auch mit euch verwandt sein? Ist er nicht dein Onkel?»

«Doch, mein Stiefonkel.»

«Soso. Dann bist du also Masch Heidars Sohn. Was hat unser Freund denn?»

«Wallah, das weiß ich nicht genau. Keiner weiß genau, was ihm fehlt.»

«Wie meinst du das?», fragt der Doktor und kneift dabei die Augen zusammen.

«Genau so, wie ich's sage. Eigentlich geht das schon lange so mit ihm. Seit dem Frühjahr. Aber bisher hat kein Mittel geholfen. Jeden Tag geben uns die Leute andere Ratschläge, aber bis jetzt geht's ihm kein bisschen besser. Anfangs war's nicht so schlimm. Da hat er nur gesagt, er habe Magenschmerzen. Und ab und zu hat er sich übergeben. Aber seit kurzem geht's ihm sehr schlecht.»

Die Tür geht auf und das Mädchen kommt mit einem Teetablett ins Zimmer. Der Doktor nimmt es ihr ab. Das Mädchen holt die Zuckerdose vom Bord des Wandregals. Doktor Djahangir stellt ein Glas Tee vor mich und zieht das Tablett dann zu sich heran.
«Was ist seit kurzem, sagst du?»
«Er kann gar nichts essen. Alles, was er isst, würgt er gleich wieder raus und übergibt sich. Er behält nichts bei sich.»
«Und wie lange geht das schon so?»
«Seit einem Monat ungefähr.»
Der Doktor spricht jetzt lauter. «Und bis jetzt habt ihr ihm keine Medikamente gegeben?»
«Nein, Mama hat ihm bloß ab und zu Kräutertee gemacht.»
Der Doktor schaut das Mädchen an.
«Geh und hol mir meine Wollstrümpfe. Und sag drüben Bescheid, dass ich einen Hausbesuch mache.»

Das Mädchen geht aus dem Zimmer. Der Doktor nimmt seine Fellkappe vom Haken an der Wand und schüttelt sie aus.

«Dieser Winter wird hart. Er hat erst vor zwei, drei Tagen angefangen und schon ist es so kalt. Wie soll das erst werden, wenn die harten Fröste kommen?»

«Stimmt, es ist wirklich kalt», sage ich und starre in die Flammen im Ofen. Der trockene Mist knistert und knackst, während er verbrennt. Das Mädchen kommt mit den bunten Wollstrümpfen wieder.

«Wie geht's deinem Vater jetzt?», fragt der Doktor und zieht sich dabei einen Strumpf an. «Ist er auf den Beinen?»

«Nein, er liegt im Bett. Wenn er aufsteht, wird ihm schwindlig. Er ist sehr schwach.»

«Sicher hat er auch abgenommen.»

«Sehr, nur sein Bauch nicht.»

«Nur sein Bauch nicht?», wundert sich der Doktor.

«Nein, der ist geschwollen», antworte ich.

Er wickelt das Strumpfband um sein Bein. «Dein Tee wird kalt.»

Ich trinke das Glas langsam leer, ohne abzusetzen. So schmeckt mir der Tee überhaupt nicht. Ich mag ihn am liebsten, wenn ich ihn langsam schlürfen kann. Aber Mama sagt, das gehört sich

nicht, und schon gar nicht vor anderen Leuten.
«Ist das deins?»
Ich hebe den Kopf und sehe, dass der Doktor in den Hof schaut.
«Ja.»
«Läuft sie gut?»
«Nicht schlecht.»
«Du weißt, dass ich kein Pferd habe.»
Ich tue so, als wüsste ich's und antworte: «Ja.»
«Geh und mach dein Pferd bereit. Ich komme gleich.»
Ich gehe nach unten und ziehe meine Stiefel wieder an. Bevor ich über den Hof laufe, schaue ich nach allen Seiten. Die Luft ist rein, weit und breit kein Hund zu sehen. Also gehe ich rüber zu Ghaschgha. Es ist dunkler geworden. Vom Berg zieht Nebel auf und legt sich langsam übers Dorf. Ghaschghas Satteldecke ist verrutscht. Ich öffne den breiten Riemen, mit dem sie befestigt ist, rücke sie gerade und führe Ghaschgha zu dem großen Salzstein mitten im Hof.
Stufe für Stufe steigt der Doktor die Treppe runter und wickelt sich dabei seinen Schal um den Hals. «Oh wei», sagt er, als er den Himmel sieht, «es hat sich wieder zugezogen».
Er nimmt mir die Zügel aus der Hand. «Geh, mach das Tor auf.»

Auf dem Weg zum Hoftor komme ich am Hühnerstall vorbei und höre die Tiere gackern. Noch bevor ich das Tor aufgemacht habe, ruft der Doktor schon: «Ruhig, ganz ruhig!»

Ich drehe mich um und sehe, dass Ghaschgha rückwärts tänzelt und ihm die Zügel entreißen will. Ich mache das Tor schnell auf und gehe zurück zu den beiden.

«Warum macht sie das?»

«Sie scheut vor Fremden. Außer meinem Vater und mir lässt sie niemanden an sich ran.»

Er mustert sie von Kopf bis Fuß. «Klappergestell», sagt er dann und lacht, «die macht's auch nicht mehr lange.»

«Das täuscht. Dass sie so mager ist, hat gar nichts zu sagen.»

Der Doktor hat aufgehört zu lachen. «Ich meine ihr Alter», sagt er.

Ich halte Ghaschgha am Zügel. Der Doktor schickt ein Stoßgebet zum Himmel, Bismellah, steigt auf den Salzstein und sitzt auf. «Reich mir bitte meine Tasche.»

Ich bringe sie ihm. Dann führe ich Ghaschgha am Zügel aus dem Hof und wir machen uns auf den Weg. Auf dem Flüsschen schwimmt ein alter Schuh vorbei und vor der Mühle ist es ruhig geworden. Sicher hat die Kälte die Männer vertrie-

ben. Doch von irgendwoher ruft uns jemand zu: «Gute Reise. Wo soll's denn hingehn, Herr Doktor?»
«Danke, danke», antwortet der. «Ich mache einen Hausbesuch.»

2

Das Dorf liegt jetzt hinter uns.
«Möchtest du mit aufs Pferd?»
«Danke nein, es geht auch so.»
«Bei dem Schnee?»
Ich schaue ihn an. «So eine Strecke geh ich jeden Tag, einmal hin und wieder zurück.»
«Wieso denn das?»
«Meine Schule ist in Assbmarz.»
Er nickt. «Ah, so ist das, du gehst also in die Mittelschule.»
«Ja.»
«Wievielte Klasse?»
«Dritte.»
«Gott behüte dich. Mein Sohn geht auch in Assbmarz zur Schule.»

«Wie heißt er denn? Vielleicht kenne ich ihn?»
«Tschengiz.»
«Tschengiz? Der im ganzen Gesicht Sommerspro...»
«Na, nun sag schon, was ist mit seinem Gesicht? Warum sprichst du nicht weiter?»
«Sein Gesicht sieht aus wie diese gelben Äpfel. Die sind auch so gepunktet.»
Er lacht.
«Wie ein Apfel? Wo gibt's denn so was? Hmtz, wie ein Apfel ...»
Er sieht dabei zum Himmel und lacht plötzlich gar nicht mehr. Die erste Schneeflocke landet auf meiner Nase. Ich schaue geradeaus. Plötzlich purzeln viele dicke Schneeflocken durch die Luft. Ich gehe unwillkürlich schneller.
Ghaschgha schnaubt. Ich ziehe die Ohrenklappen meiner Mütze über beide Ohren. Der eiskalte Wind schneidet mir fast die Nasenspitze ab. Die Schneeflocken werden schnell größer und der Wind bläst sie hierhin und dorthin und wirbelt sie vom Boden wieder auf. Es ist still geworden. Als ob die ganze Welt plötzlich nur noch stumm darüber staunte, dass so viel Schnee fällt.
Der Doktor findet wieder Worte. «Herr im Himmel, gleich geht die Welt unter.»

Ich schlinge mir den Zügel einmal um die Hand und gehe schneller. So stapfen wir durch den Schnee, bis wir die *Besch Dasch* erreichen, die fünf riesigen Felsen an der Schlucht. Auf der anderen Seite der Schlucht fängt unser Dorf an. Wir gehen langsam bergab. Von den Hängen wirbelt uns der Wind Schnee ins Gesicht. Noch haben wir den letzten Felsen nicht hinter uns, da will Ghaschgha plötzlich nicht weitergehen. Sie wiehert. Ich zerre am Zügel, sie wiehert wieder, aber sie rührt sich nicht vom Fleck. Jetzt kann ich an ihren Augen erkennen, dass sie Angst hat.

Der Doktor lugt unter seiner verschneiten Kappe und seinem Schal hervor. «Warum macht sie das?»

«Ich weiß auch nicht.»

Wütend reiße ich jetzt am Zügel. Ich weiß, dass ihr das im Maul weh tut. Sie will steigen, legt die Ohren an. Ihre Nüstern beben, sie atmet ganz heftig und tänzelt rückwärts.

«Sie scheut wohl wieder vor mir.»

Ich bin sicher, dass das nicht der Grund ist. Irgendetwas macht ihr Angst. Ich schaue mich um und plötzlich sehe ich auf dem höchsten Felsen der Besch Dasch einen schwarzen Fleck. Etwas Schwarzes sitzt auf der Felsspitze und beobachtet uns aufmerksam. Erst kann ich mich vor Angst

kaum rühren. Dann sehe ich den Doktor an.
«Da. Da drüben!»
Jetzt hat er es auch bemerkt.
«Was ist das, Ihrer Meinung nach?»
Er schirmt seine Augen mit der Hand ab und schaut auf den schwarzen Fleck.
«Hoffentlich kein Wolf», sage ich.
«Was dachtest du denn?», fragt er.
Unwillkürlich gehe ich ein paar Schritte rückwärts, will mich hinter dem Pferd in Sicherheit bringen.
«Nur die Ruhe», sagt der Doktor. «Er darf nicht denken, dass er uns Angst macht. Ein Wolf alleine kann gar nichts ausrichten. Außerdem glaube ich kaum, dass er den Mut hat, näher zu kommen.»
Der Fleck sitzt da oben, reglos wie ein Schneemann, und rührt sich nicht von der Stelle. Wenn wir nach Hause wollen, müssen wir direkt vor seiner Nase weitergehen.
«Was machen wir jetzt? Er ist uns im Weg.»
«Nichts», sagt der Doktor seelenruhig. «Wir kümmern uns nicht um ihn. Wir tun so, als hätten wir ihn gar nicht bemerkt.»
«Aber das Pferd?», frage ich. «Es will nicht weitergehn.»
«Es wird schon mitkommen.» Er tätschelt ihm über Mähne und Hals.

«Ganz ruhig. Wovor hast du Angst?»
Ghaschgha beruhigt sich langsam. Der Doktor gibt mir mit einer Kopfbewegung zu verstehen, dass wir weitergehen sollen.

Ich lasse den Wolf nicht aus den Augen und ziehe an Ghaschghas Zügel. Erst bleibt sie stur stehen und will keinen Schritt weitergehen, aber dann fügt sie sich schließlich. Der Wolf sitzt über uns auf dem Felsen und beobachtet uns. Sein zottiger grauer Pelz ist voller Schnee. Wir kommen immer näher, mein Herz klopft mir bis zum Hals. Zum ersten Mal im Leben sehe ich einen Wolf so dicht vor mir. Er sieht so siegesgewiss aus, dass mir vor Angst die Knie ganz weich werden.
«Was für ein Prachtexemplar! Dieser Halunke», sagt der Doktor. «In unserm ganzen Dorf findest du nicht einen Hund, der so stattlich ist wie dieser Kerl.»
Meine Beine sind schwer wie Blei. Trotzdem laufe ich weiter, vorbei an dem Wolf. Ich weiß, dass er uns noch beobachtet. Aber ich habe nicht den Mut, mich nach ihm umzuschauen. Ich kann nur versuchen schneller zu gehen. Hier, auf dieser Seite der Schlucht liegt mehr Schnee als drüben. Ghaschgha sinkt sogar noch tiefer ein als ich.
Die erste Biegung liegt noch nicht ganz hinter

uns. Plötzlich hören wir ein lang gezogenes Heulen. Unwillkürlich drehe ich mich um und suche die Schneewüste mit den Augen ab. Weit und breit keine Spur von dem Wolf. Sehen kann man ihn nicht mehr, aber sein Geruch hängt in der Luft. Ich streife den Schnee von meiner Kappe und habe dabei das unheimliche Gefühl, der Wolf springt uns gleich an. Allein die Vorstellung treibt mir kalten Schweiß auf den Rücken. Wenn er uns wirklich angreift, sind wir dumm dran.

Meine Hände sind vor Kälte gefühllos geworden. Ich bete, dass wir schneller vorankommen. Und endlich kommen wir am andern Ende der Schlucht an! Ich atme auf. Gerade will ich sagen, dass wohl alles gut gegangen ist, da meint der Doktor plötzlich: «Hör mir gut zu: Wenn ich ‹Jetzt› sage, wirfst du mir den Zügel zu, stützt dich auf mein Bein und springst hinter mir aufs Pferd.»
«Was ist denn?»
«Das sag ich dir gleich. Jetzt pass nur auf, dass du nicht danebenspringst.»
«W-wieso denn?» Mir rutscht fast das Herz in die Hose.
«Ein ganzes Rudel ist hinter uns her.»
«Was!?»

«Bleib ruhig und schau dich nicht um.»
Eine dicke Schneeflocke fliegt mir ins Auge. Ich spüre Ghaschghas warmen Atem an meinem Ohr.
«Siehst du den Stein da?», fragt mich der Doktor.
Ja, ich sehe ihn. Er liegt ein paar Schritte weiter vorn am Weg, eine Ecke guckt aus dem Schnee heraus.
«Wenn wir den erreichen, dann spring!», sagt der Doktor, «ich kann das Pferd nicht anhalten.»
Seine Stimme klingt nicht mehr so ruhig wie vorher. Ich starre auf den Stein und bereite mich zum Sprung vor.
«Jetzt!»
Schnell werfe ich dem Doktor den Zügel zu und springe auf den Stein. Der Doktor streckt seine Hand nach mir aus, ich greife danach, stütze meinen Fuß an seinem Bein ab und kralle mich mit der anderen Hand an der Satteldecke fest. Der Doktor greift in Ghaschghas Mähne, damit er nicht vom Pferd fällt, und zieht mich hoch. Ich rutsche hinter ihm zurecht und schlinge gleich beide Arme um ihn. Sofort hält er mir seine Tasche hin. «Kannst du die auch noch festhalten?»
Ghaschgha geht schneller. Ich schaue hinter mich. Die Wölfe sind uns auf den Fersen. Sie verfolgen ganz spielerisch unsere Fährte. Bestimmt

glauben sie, wir sind ihre sichere Beute. Sie können sich Zeit lassen.

«Siehst du sie?», will der Doktor wissen.

«Ja, ich seh sie.»

Er treibt Ghaschgha an. Darauf hat sie nur gewartet. Sie fällt in Galopp.

Ich schaue immer wieder hinter mich und der Doktor fragt immer wieder: «Verfolgen sie uns noch?» Wenn ich «Ja» sage, treibt er das Pferd weiter an. Es dauert nicht lange, bis auch die Wölfe ihr Tempo steigern.

«Schneller! Gleich haben sie uns!»

Der Doktor treibt Ghaschgha immer weiter an und schlägt ihr jetzt sogar mit dem Zügel auf den Hals.

«Falls wir's bis zum Friedhof in deinem Dorf schaffen, gut, wenn nicht, werden wir dein Pferd wohl zurücklassen müssen.»

Habe ich richtig gehört? «Was soll das denn heißen, Hakim?»

Der Doktor antwortet nicht. Es sieht aus, als hätten die Wölfe die Lust an der Jagd verloren und wollten zum Angriff übergehen. Sie verfolgen uns jetzt mit aller Kraft und knurren und heulen dabei. Ghaschgha stolpert. Mir bleibt vor Angst die Luft weg. Jetzt ist alles aus …

«Welcher Teufel reitet dich denn? Klammer dich

doch nicht so fest an mich!», ruft der Doktor. «So entkommen wir vielleicht den Wölfen, aber dafür erdrückst du mich!»
Ich lasse ein bisschen locker. Die Wölfe sind noch näher gekommen.
«Gleich haben sie uns! Schneller, mein Gott, schneller, Hakim!»
«Ich will nicht riskieren, dass das Pferd ausrutscht. Wenn das Tier ausrutscht ... Wie weit noch bis zum Friedhof?»
Der Leitwolf ist nur noch wenige Schritte von uns weg. Durch den dichten Schnee kann ich seine spitzen Zähne und sein riesiges Maul schon sehen. Die Tasche fällt fast vom Pferd, ich rücke sie zurecht, kann sie kaum noch halten. «Setz dich richtig hin!», ruft der Doktor. Er schlägt jetzt so heftig mit dem Zügel auf Ghaschghas Hals, dass das Knallen die Wölfe erschreckt.
Aber ich sehe gar nicht mehr hinter mich, spüre nur noch den Schnee, der unsere Gesichter peitscht. Ghaschgha wird jeden Moment ausrutschen, sich alle Knochen brechen, uns abwerfen, die Wölfe werden sich auf uns stürzen ...

Wann wir endlich den Friedhof erreicht haben, weiß ich nicht. Hinter dem Friedhof geht es bergab und man kann unser Dorf sehen. Der

Doktor gibt die Zügel frei und fragt: «Sind sie noch hinter uns her?»
Ich drehe mich um. Die Wölfe werden plötzlich langsamer. Jetzt zerstreuen sie sich sogar zwischen den Gräbern und schauen uns von dort aus nach.
«Sie haben aufgegeben!»
Der Doktor lacht: «Glück gehabt, was? Wir sind noch mal davongekommen!»
Dann, als ob ihm plötzlich etwas einfällt, fragt er: «Wie heißt du noch gleich?»
Und ich antworte: «Djalal.»

3

Ich trete gegen das Hoftor und schiebe es mit dem Fuß auf. Schnee türmt sich dahinter, der Riegel und die Kette klirren. Der Wind fegt Schnee von den Mauern, wirbelt ihn durch den Hof, Ghaschgha schüttelt sich. Jetzt geht die Haustür auf und Mama kommt nach draußen. «Willkommen!», ruft sie. «Ihr seid sicher müde, kommt, ruht euch aus!»
Der Doktor springt vom Pferd und geht schnur-

stracks ins Haus. Mama begrüßt ihn. Und zu mir sagt sie: «Du, komm auch schnell rein.»
«Ich muss erst Ghaschgha in den Stall bringen.»
«Lass nur, das mach ich gleich.»
«Sie muss schnell in den Stall. Sie schwitzt.»
Mama wundert sich. «Bei der Kälte?»
«Ja, wir mussten den ganzen Weg galoppieren.»
«Warum das denn?»
«Erklär ich dir später.»
Während sie ins Zimmer geht, sagt sie: «Na, dann stell sie schnell unter und komm rein. Du bist sicher ganz durchgefroren!»
Ich führe Ghaschgha am Zügel einmal um den Hof und dann zum Stall. Wenn ich durch das Loch in der Mauer fasse, kann ich den Riegel der Stalltür von innen anheben. Sie quietscht und geht langsam auf. Im Stall ist es schön warm, die Schafe haben ihn angewärmt. Sie stehen herum und starren mich gelangweilt an. Mama hat ihnen schon Wasser und Futter gegeben. Ich binde Ghaschgha an und gebe ihr ein bisschen Stroh und Luzerne. Sie schnaubt und fängt gleich genüsslich an zu kauen. Ich streichle ihren Hals und nehme ihr Sattel und Decke ab.
«Die hast du ganz schön abgehängt, was! Kein Wunder, so alt und klapprig, wie sie alle sagen, bist du ja auch gar nicht.»

Die Tür zur Scheune steht offen. Ich mache sie zu und schiebe den Riegel vor, damit die Schafe nicht plötzlich Appetit bekommen und das Futter wegfressen. Ein paar Schneeflocken kommen durch ein Loch in der Wand in den Stall und verschwinden im Halbdunkel. Ich dichte das Loch mit einem Stück Leintuch ab und gehe zurück in den Hof. Es will gar nicht aufhören zu schneien. Draußen auf der Straße geht eine Frau vorbei. Sie trägt einen Krug auf der Schulter und hat ihr Kopftuch so fest umgebunden, dass man sie gar nicht erkennen kann.
Als ich ins Haus komme, hat Mama schon Feuer gemacht und den Kessel aufgesetzt.
Der Doktor sitzt am oberen Ende des *Korssi* und schaut aus dem Fenster. Sadaf macht ihre Hausaufgaben.
«Und wo ist der Herr Papa?»
«Ich hab ihm nebenan sein Bett gemacht. Dort hat er's bequemer.»
«Friert er dort auch nicht?»
«Nein nein, ich habe vorhin ein Öfchen reingestellt, damit ist es schnell warm geworden.»
«Bring mir bitte meine Tasche», sagt der Doktor. «Mal sehen, ob meine sieben Sachen noch beisammen sind.»
Mama hatte die Tasche auf das Wandregal gestellt. Ich bringe sie ihm.

der Wind weht, setzt sie sich zurück an ihren Platz.

Das Nebenzimmer ist klein und wärmer als das Wohnzimmer. Vielleicht, weil eine Wand an das Haus von *Ammu* Asshagh grenzt und die andere an den Stall. Vielleicht aber auch, weil die Tür nicht nach draußen führt. Als Krankenzimmer ist es jedenfalls gut geeignet.

Der Doktor setzt sich zu Papa aufs Bett. «Gott schenke dir Gesundheit, Masch Heidar. Was machst du denn für Sachen?»

Papa steckt bis zum Hals unter seiner Decke und starrt nur vor sich hin.

«Siehst du», sagt Mama, «seine Augen sind schon ganz eingefallen, er ist nur noch Haut und Knochen.»

Der Doktor nimmt seine Instrumente aus der Tasche.

«Das wird schon wieder werden», sagt er, «das wird schon wieder, Inschallah», und schlägt die Bettdecke zurück.

Als er sieht, wie schwach und abgemagert Papa ist, wird ihm erst klar, was ‹nur noch Haut und Knochen› bedeutet. Er erschrickt, fasst sich aber gleich wieder.

«Das ist halb so wild. Wenn man krank ist, nimmt man eben ab.»

Er schiebt das Hemd über Papas geschwollenem Bauch hoch. «Entspann deinen Bauch mal, Masch Heidar.»

Papa starrt noch immer vor sich hin. Der Doktor tastet Papas Bauch mit seiner flachen Hand ab.

«Hast du Schmerzen? Und hier? ... Tut das weh?»

Papa beachtet ihn erst nicht recht, dann spricht er langsam. «Ein bisschen.»

«Musst du dich auch übergeben?»

«Oft, ja.»

Der Doktor schaut Mama an: «So, das genügt, deck ihn wieder zu.»

Mama deckt Papa wieder zu.

«Habt ihr keinen Primus?»

«Doch!»

«Bitte bring ihn mir.»

Mama holt den Petroleumkocher, schließt das Ventil und pumpt Petroleum hoch in den Vorbrenner. Zu mir sagt der Doktor: «Du kannst dich auch nützlich machen. Geh, hol Wasser und eine Schüssel oder einen Topf.»

«Unter dem Wandregal steht die Kupferschüssel», erklärt mir Mama.

Und der Doktor ruft mir hinterher: «Sauber muss sie sein!»

Mama sagt natürlich gleich, dass sie sauber ist.

Ich gieße Wasser aus dem Tonkrug in die Schüssel.

«Was hast du denn vor?», will Sadaf wissen.
«Geht dich gar nichts an.»
Jetzt ist der kleine Vorbrenner bis zum Rand voll mit Petroleum. Mama zündet ein Streichholz an und wirft es hinein. Sofort kriechen die Flammen hoch und züngeln um den Verteiler. Der Doktor gibt ein paar Spritzer Wasser aus der Schüssel auf die Lehmwand und stellt den Rest neben den Primus. Mama pumpt weiter, bis er leise vor sich hin zischelt und die Flamme gleichmäßig brennt. Jetzt nimmt der Doktor eine Nadel und eine große Spritze aus seiner Tasche, legt sie in die Schüssel und sagt zu Mama: «Stell sie auf den Kocher.»
Mama stellt die Schüssel auf den Kocher. Der Doktor lehnt sich an die Wand. Er nimmt seine Tabakdose aus der Jackentasche, zieht ein Stück Papier heraus, gibt etwas Tabak darauf, klopft mit dem Mittelfinger leicht von unten gegen das Papier. Das feuchtet er am Rand mit der Zunge an und dreht sich geschickt eine Zigarette.
«Noch etwas Tee?», fragt Mama.
«Nein danke, mehr nicht.»
Er zündet seine Zigarette am Primus an. «Ja ja, Masch Asshagh und ich, wir waren früher gute Freunde. Aber jetzt schaut er nicht mal rein, um mich zu begrüßen.»

«Er weiß wohl nicht, dass du hier bist, sonst wäre er sicher schon vorbeigekommen. Vorhin hat er seinen kranken Bruder besucht. Du hast ihn gerade verpasst.»

Ich starre in die Flammen, die jetzt rings um die Schüssel brennen. In ihrem gelben Licht sieht Papa noch blasser aus. Es dauert nicht lange, bis das Wasser sprudelt.
«Es kocht», sagt Mama.
«Gut so, es muss mindestens zehn Minuten lang kochen», erklärt der Doktor.
Er pustet den Zigarettenrauch in die Luft und schaut mich an. «Wolltest du nicht Masch Asshagh Bescheid sagen?»
Ich muss schmunzeln, weil er so geschickt fragt, und stehe auf.
Draußen ist nicht eine Fußspur zu sehen. Der Schnee hat sie alle zugedeckt. Ich klopfe bei den Nachbarn und sofort bellt Ammu Asshaghs Hund hinter der Mauer. «Mistköter!», brülle ich ihn an. Er erkennt mich an der Stimme und beruhigt sich wieder. Sara macht mir auf.
«Ist der Onkel zu Hause?»
«Ja, komm rein.»
«Nein, ich geh gleich wieder rüber. Sag ihm nur, dass ich den Doktor geholt habe.»

«Gut.»
So schnell, wie ich hergekommen bin, gehe ich auch wieder nach Hause. Auf der Straße sind nur meine Fußspuren zu sehen.

Inzwischen hat der Doktor die Spritze zusammengesetzt und zieht damit aus einer durchsichtigen Flasche eine Flüssigkeit heraus.

Mama sagt: «Stell den Primus da drüben hin.»

Als Sadaf ihn in die Ecke stellt, merke ich erst, dass sie im Zimmer ist. Von meinen Drohgebärden lässt sie sich gar nicht beeindrucken. Sie behandelt mich wie Luft.

«Zieh bitte die Bettdecke zurück.»

Mama hebt Papas Bettdecke hoch. Der Doktor leert die Spritze in eine Flasche mit weißem Pulver. Die schüttelt er kräftig und taucht dann die Nadel wieder ein.

«Hat er schon mal Penicillin bekommen?»

«Ja», sagt Mama. «Du selbst hast ihm schon mal welches gespritzt. Erinnerst du dich nicht?»

Er hält die Spritze hoch und drückt den Kolben vorsichtig nach oben, damit ein paar Tropfen durch die Nadel austreten.

«Ei, Baba, liebe Güte, wie soll ich mich daran noch erinnern! Ich weiß ja nicht mal mehr, was ich gestern zu Abend gegessen habe. Was ist, Masch Heidar, kannst du dich auf die Seite legen?»

Papa dreht sich zur Seite. Der Doktor beugt sich zu ihm und schaut Sadaf dabei an.
«Willst du auch gleich eine?»
Sie denkt, er will ihr wirklich gleich eine Spritze geben, und ist wie der Blitz aus dem Zimmer verschwunden. Der Doktor schmunzelt und schiebt Papas Unterhose ein bisschen tiefer. Papa verzieht plötzlich das Gesicht.
Draußen ruft jemand: «Ja'allah!»
Und Mama antwortet: «Nur hereinspaziert.»

Ammu Asshagh kommt zur Tür herein. Er hat einen Mantel um und einen Hut mit Krempe auf.
«Sieh an, sieh an», begrüßt ihn der Doktor, «hab ich dich tatsächlich hinter deinem warmen Ofen hervorgelockt!»
Ammu Asshagh schmunzelt. «Salam-o-aleikum. Sei willkommen.»
Sie drücken sich herzlich die Hände.
«Lange nicht gesehen. Was führt dich denn hierher?»
«Je seltener man mich zu Gesicht bekommt, desto besser ist es doch», sagt der Doktor.
«Was redest du denn da?»
«Hab ich nicht Recht? Wenn ich lüge, sag ‹Du lügst, du Mistkerl›. Wenn's euch gut geht, lässt sich doch keiner von euch blicken, oder?»

Ammu Asshagh seufzt. «Inschallah, so Gott will, kommen auch mal wieder bessre Tage. Aber das Leben hält einen derart auf Trab, dass nicht mal Nachbarn Zeit füreinander haben. Das weißt du selbst doch am besten.»
Zu Mama sagt der Doktor: «Deck ihn zu. Er soll sich ausruhen. Mehr kann ich im Moment nicht tun.»
Während Mama die Sachen im Nebenzimmer zusammenräumt, gehen die beiden Männer ins Wohnzimmer und unterhalten sich weiter. Mama schüttelt noch Papas Kopfkissen auf und kommt dann auch ins Wohnzimmer.
«Hakim …?»
Ammu Asshagh unterbricht das Gespräch, der Doktor sieht Mama an. Sie hat beinahe Angst zu fragen.
«… was hat er?»
Der Doktor antwortet leise: «Möge euer Haus kein Schaden treffen. Was soll ich nur mit euch machen?»
«Wie meinst du das?»
«Warum habt ihr ihn nicht längst zum Arzt gebracht? Erst lasst ihr ihn eine halbe Ewigkeit liegen, dann kommt ihr zu mir und erwartet auch noch, dass ich Wunder vollbringe.»
Ammu Asshagh hört dem Doktor aufmerksam zu. Mama wird blass. Ihre Stimme zittert.

«Ich bitte dich, Hakim, sag, was meinst du damit?»
«Nichts für ungut, Schwester», sagt er in freundlicherem Ton. «Ich wollte euch nicht beunruhigen. Aber ich rate euch, lasst alles stehen und liegen und bringt den Mann in die Stadt. Man muss ihn dringend röntgen und gründlich untersuchen.»
«Was fehlt ihm denn?»
«Noch bin ich nicht sicher. Möge der Herr geben, dass meine Befürchtung sich nicht bewahrheitet.»
«Welche Befürchtung denn?»
«Ich will mich noch nicht festlegen. Inschallah, so Gott will, wird ja alles gut.»
Mama schaut hilflos zu Ammu Asshagh. Der wendet sich an den Doktor: «Du wirst uns deine Diagnose doch nicht vorenthalten?»
«Nein nein, das nicht, aber vorläufig bin ich nicht sicher.»
«Kannst du ihm wirklich nicht helfen?», fleht Mama den Doktor an.
Der fährt plötzlich aus der Haut: «Was kann ich denn ausrichten?! Mit Tabletten, ein paar Tropfen Sirup und zwei Penicillin? Vielleicht muss er operiert werden! Nichts sollte euch teurer sein als ein Menschenleben. Habt ihr etwa Angst, die Sache könnte euch zu viel kosten?»

«Nein, um Himmels willen!», ruft Mama. «Bisher hab ich ihn nur noch nicht zum Arzt gebracht, weil er selbst nicht gehen wollte und auch sonst keiner die Sache in die Hand genommen hat.»
Ammu Asshagh erinnert sich: «Einmal ist er doch bei diesem indischen Arzt gewesen. In Sar Ein. Als die Magenschmerzen anfingen. *Sutlutikan* hat er damals genommen.»
«Sutlutikan?»
«Ja. Ich weiß auch nicht, wer ihm gesagt hat, das wird dir helfen. Nicht mal ein Viertel Glas voll hat er damals von dem Saft gesammelt und getrunken.»
«Daran ist er fast gestorben», erinnert sich Mama. «Er hat dermaßen Magenschmerzen bekommen und Fieber und hat gezittert, das hättest du sehen sollen. Der Arzt hat ihm damals gesagt, wenn du einen Schluck mehr davon getrunken hättest, wärst du umgekommen.»
«Ich kann jedenfalls nichts machen», sagt der Doktor. «Seht zu, dass ihr ihn so schnell wie möglich in die Stadt bringt.»
«Ich bring ihn hin, gleich morgen früh», sagt Ammu Asshagh.
Mama gießt Tee nach.
«Trink aus und komm», drängt Ammu Asshagh.
«Wohin denn?»

«Na rüber, zu uns. Ich hab schon gesagt, sie sollen ein Zimmer für dich heizen.»
«Ich muss aber wieder zurück.»
«Wohin denn, bei dem Schnee? Und ein Pferd hast du auch nicht. Und den, der dich heimbringt, musst du beherbergen und bis morgen ertragen», schmunzelt Ammu Asshagh. Der Doktor widerspricht ihm nicht.
«Heut Abend bleibst du hier. Ich sorge schon dafür, dass du morgen wieder rechtzeitig zu Hause bist.»
Als sie gegangen sind, breitet sich im Haus plötzlich bedrückende Stille aus. Mama zieht sich nachdenklich in eine Ecke zurück.
«Gut, dass er weg ist», sagt Sadaf.
Ich warne sie: «Wenn du Ärger machst, ruf ich ihn gleich wieder.»
Draußen ist es jetzt ganz dunkel und es schneit immer noch.
«Willst du kein Licht machen, Mama?», fragt Sadaf. «Ich seh ja gar nichts mehr.»
Mama sitzt einfach da und schaut nach oben: «Herr im Himmel, du bist jetzt unsere einzige Hoffnung. Steh uns bei, Herr. Ich flehe dich an, mach diesen Mann gesund, Herr, allmächtiger ewiger Gott! Du hast doch schon Wunder vollbracht und aus hölzernen Nägeln silberne gemacht.»

Ich stehe auf und gehe nach nebenan. Jetzt ist es hier ganz dunkel. Papa hat die Augen geschlossen, aber er schläft nicht. Ich nehme vorsichtig seine Hand, und er schaut mich an.
«Kann ich dir irgendwas bringen?»
Er schüttelt den Kopf.
«Safdar hat gute Datteln mitgebracht. Magst du welche?»
«Danke nein, ich kann doch nichts essen.»
Ich schaue ihn eine Weile an und denke an die Zeit, in der er von früh bis spät auf den Beinen war und auf dem Feld arbeitete, ohne müde zu werden. Ich kann gar nicht fassen, dass die Krankheit ihn jetzt so geschwächt hat. Seine Hände sind so klein geworden wie meine, seine Finger dünn.
«Hast du Schmerzen, Baba?»
«Im Moment nicht.»
«Morgen bringen wir dich in die Stadt. Inschallah. Bald wirst du wieder ganz gesund. Hakim sagt, sie müssen dich untersuchen und röntgen.»
Papa schaut mich liebevoll an. «Hast du den Doktor geholt?»
«Ja.»
Seine müden Augen leuchten.
«Masch'allah, tüchtig, tüchtig. Du wirst langsam erwachsen. Dann kann ich ja getrost gehen.»
«Was soll das denn heißen, Baba?»

Er drückt leicht meine Hand.
«So ist das in der Welt, mein Sohn. Tod und Vergänglichkeit. Kein Mensch lebt ewig. Wir können uns das nicht aussuchen. Aber wenn ich gehe, möchte ich mir um meine Familie keine Sorgen machen müssen. Du musst mir versprechen, dass du durchhältst und auch der Familie eine Stütze bist.»
Mir steckt ein dicker Kloß im Hals. Ich habe das Gefühl, ich muss gleich ersticken. Damit ich nicht anfange zu weinen, drücke ich Papas Hand an mein Gesicht. «Baba ..., Baba ...»
Er streichelt meinen Kopf, mein Haar. «Ein Mann muss alles ertragen können. Morgen bringen sie mich in die Stadt. Wenn es nach mir ginge, würde ich nicht gehen. Die Reise ist mir viel zu anstrengend. Aber der Doktor hat's verordnet und mir bleibt wohl nichts anderes übrig. Ich sag es auch deiner Mutter nachher noch. Wenn mir etwas passiert, verkauft ihr ein paar Schafe und zahlt gleich die Schulden bei Safdar. Ich möchte bei niemandem verschuldet sein.»
Mama schlägt den Vorhang zur Seite und kommt mit einer Lampe in der Hand ins Zimmer. «Magst du eine leichte Suppe, soll ich dir Aghasch kochen?»
Papa antwortet ihr unentschlossen: «... weiß nicht.»

Sadaf kommt auch wieder und setzt sich zu ihm.
«Hab die Aufgaben fertig!»
«Wie fühlst du dich jetzt? Geht's dir besser?», fragt Mama.
«Unverändert», sagt Papa und starrt die Deckenbalken an.

«Gestern Nacht hab ich von meinem toten Vater geträumt. Wir sind zusammen einen langen, weißen Weg entlanggegangen, bis wir an Wiesen kamen, weit und breit nur Wiesen und Weiden und überall Quellen und Pferde auf den Weiden. Es sah aus wie der Weg nach Ghutur Su'i. ‹Rate, wo dieser Weg hinführt›, hat mein Vater gesagt. ‹Zum Wasser›, hab ich geantwortet. Papa hat gelacht. Ich kann mich noch genau an sein Gesicht erinnern. Als sei er erst gestern gestorben.»
«Wasser bringt Glück», sagt Mama. «Wer von Wasser träumt, wird Glück haben.»
Papa schaut sie an und weiß nicht recht, ob er ihr glauben soll.

4

Ich wache auf, weil ich Geräusche höre. Ammu Asshagh und Mama bereiten Papa für die Reise vor. Sie haben ihm seinen braunen Mantel übergezogen. Ammu Asshagh stützt Papas Schultern und Mama knöpft gerade den Mantel zu.
Tante Nurdjahan, Ammu Asshaghs Frau, bringt ein Glas Tee vom Herd. Sie gießt ihn mehrmals in die Untertasse und wieder zurück ins Glas, damit er abkühlt.
«Den soll er auf jeden Fall trinken. Und am besten auch einen Happen Brot dazu essen.»
Mama nimmt das Glas und schaut Ammu Asshagh an. «Was hast du mit dem Hakim gemacht, Masch Asshagh?»
«Der schläft noch. Gestern hab ich ihn Ghardasch Khan anvertraut. Der soll ihn nach Hause bringen.»
«Ich hab ihn noch nicht bezahlt.»
«Ach ja, übrigens …, als ich ihm heute morgen Geld hinlegen wollte, ist er aufgewacht. ‹Was machst du da?›, hat er mich gefragt. Er wollte das Geld beim besten Willen nicht annehmen.»
«Aber warum denn nicht?»
«Wenn ich das wüsste.»

Mama schaut mich an. «Na, bist du wach? Dann lauf und mach das Pferd bereit.»
Ich krabbele aus meinem Bett unter dem Korssi: «Sattel oder Satteldecke?»
«Sattel», sagt Ammu Asshagh. «Für den langen Weg reicht die Satteldecke alleine nicht.»
«Ist die Stalltür offen?»
«Nein», sagt Mama. «Du kannst durch die Luke reinklettern.»

Sie meint die Luke oben in der Wohnzimmerwand. Ich stehe auf, trage meine Schuhe rüber zur Wand und schlüpfe hinein. Als ich in den Stall springe, stehen die Schafe ganz erschrocken auf und blöken. Hier im Stall ist es dunkel, ich muss mich vorantasten, bis ich in einer Ecke die Deichsel finde.
Damit mache ich die Dachluke auf und gleich kommt mir ein bisschen Schnee entgegen. Jetzt ist es im Stall heller und Ghaschgha schaut mich an. Sie spürt sicher, dass ich sie holen will. Ich nehme ihren Sattel vom Haken, wische den Staub ab und lege ihn Ghaschgha über. Den Holzklotz, den Mama hinter die Tür geklemmt hat, schiebe ich beiseite und mache auch den Riegel auf. Die Tür lässt sich nur schwer öffnen, weil es über Nacht geschneit hat.

Der Schnee blendet mich und Ghaschgha versinkt bis zu den Knien, als ich sie nach draußen führe.

Ammu Asshagh zieht Papa gerade die Stiefel an.
«Mama, bringst du mir bitte die Sattelunterlage.»
Sie wirft sie mir zu. Ich lege sie unter den Sattel, rücke ihn wieder zurecht und fange an, die Gurte festzuziehen.
«Nicht, dass wir unterwegs deinetwegen Schwierigkeiten kriegen. Kannst du das auch richtig?», fragt Ammu Asshagh.
«Mach dir keine Sorgen», bekommt er von mir zur Antwort.
Er fasst Papa unter die Arme, um ihn zu stützen.
«Legt über den Sattel was drüber, damit er's bequemer hat.»
Mama geht ins Wohnzimmer und kommt mit dem *Djadjim* zurück, der gestreiften rauen Decke, die sonst über dem Korssi liegt.
«Deckt ihn damit zu, wenn's kalt wird.»
«Gut. Falt ihn zusammen und leg ihn auf den Sattel.»
Mama faltet den Djadjim, legt ihn auf den Sattel und Ammu Asshagh hebt Papa aufs Pferd.
«Sitzt du bequem?»
Papa nickt, während Mama wieder ins Wohn-

zimmer geht und diesmal mit einem Päckchen zurückkommt.

«Hier, falls euer Geld nicht reicht, könnt ihr das verkaufen.»

«Was ist das denn?», wundert sich Ammu Asshagh.

«Ein paar Untersetzer, Silber, noch aus meiner Aussteuer.»

Ammu Asshagh wehrt ab. «Das ist doch nicht nötig. Geld ist genug da.»

Er greift nach Ghaschghas Zügel. «So, auf geht's.»

«Bringst du ihn ganz alleine in die Stadt?», frage ich ihn.

«Ja.»

«Soll ich euch begleiten?»

«Wozu denn?»

«Vielleicht braucht ihr ja Hilfe.»

«Nein, nicht nötig. Denk du lieber an deine Schularbeiten. Pass auf, dass du in der Schule nichts versäumst.»

«Ich geh heut nicht in die Schule», sage ich unentschlossen.

«Dummes Zeug!», fährt er mich an. «Wer sagt denn so was? Außerdem bring ich ihn nur bis Sar Ein. Dort stell ich das Pferd unter und wir fahren mit dem Auto weiter.»

Ich sage kein Wort mehr. Am Horizont wird es hell. Bald geht die Sonne auf.

Als Ammu Asshagh und Ghaschgha durchs Hoftor gehen, ruft Mama ihnen hinterher: «Masch Asshagh, wie viele Tage wird es dauern, was meinst du?!»
«Das weiß nur Gott allein», antwortet er.

Ich bleibe an der Hofmauer stehen und schaue ihnen nach. So weit das Auge reicht, ist die Landschaft schneeweiß und rundherum von Bergen umgeben. In der Ferne werden sie immer größer und höher, bis sie schließlich im *Sabalan* gipfeln. Das Ganze sieht aus wie ein riesiger Fingerring mit dem Sabalan als Schmuckstein.
«Kommt und trinkt euern Tee!», ruft Mama.
Wir gehen zurück ins Wohnzimmer. Heute ist so ein Tag, an dem ich überhaupt keine Lust habe, zur Schule zu gehen. Ich würde viel lieber spazieren gehen, ganz weit weg, einfach ziellos durch die unendliche Schneelandschaft laufen.
Der Teekessel steht noch auf dem Herd. Mama breitet die Tischdecke auf dem Korssi aus, gießt Tee ein und gibt jedem von uns eine Schüssel Jogurt zum Frühstück. Sadaf zieht ihre Schüssel zu sich heran.
«Warte, lass mich den Zucker dazugeben», sagt Mama und streut ihr Zucker übers Jogurt.
«Für mich nicht», murmle ich.

Sadaf fragt: «Wie macht der Doktor Papa gesund?»
«Er macht ihn eben gesund», sagt Mama und sieht Sadaf dabei an. «Er weiß schon, was er zu tun hat.»
«Wusste der Hakim nicht, was er zu tun hat?»
Mama antwortet ihr nicht und sie fragt weiter.
«Wo übernachten die beiden?»
«Frag nicht so viel, iss lieber», sage ich zu ihr.
Ich trinke mein Glas Tee in einem Zug leer und starre lustlos auf mein Jogurt.
«Djalal! Djalal!» Das ist Ildar.
«Komm rein!»
Rrtsch, rrtsch, seine Schuhe knirschen auf dem Schnee. Kurz darauf geht die Tür und Ildars Kopf taucht auf. «Lieber nicht, ich hab Stiefel an. Wo bleibst du denn?»
«Ich komm ja gleich.»
Ich stehe auf und packe meine Schulsachen.
«Du hast dein Frühstück stehen lassen», sagt Mama.
«Ich mag nichts essen. Hab keinen Appetit.»
«Vielleicht gibt's heute schulfrei», verkündet Ildar. «In den Grundschulen bei uns im Dorf fällt heut der Unterricht aus.»
«Ehrlich?!» Sadaf freut sich.
Ildar antwortet ihr: «Euer Herr Lehrer ist noch nicht wieder aus der Stadt zurück.»

«Ist er denn in die Stadt gegangen?», will ich wissen.
«Ja. Mit dem Traktor vom alten Dadeh Kischi.»

Hoffentlich kriegen wir auch schulfrei, denke ich mir. Dann können wir raus und machen, was wir wollen. Ich schlüpfe in meine Stiefel und gehe vor die Tür.
«Und wo sind die andern?»
«Salam und Abdollah hab ich unterwegs gesehen. Die sind bestimmt schon aus dem Dorf raus.»
Wir gehen an der Mühle vorbei, über die Brücke und nehmen eine Abkürzung zum Friedhof.
Ildar fragt mich: «Hat Doktor Djahangir euch nicht helfen können?»
«Er hat gesagt, wir sollen Papa in die Stadt bringen.»
Jetzt geht es nicht weiter bergauf und von hier oben aus kann ich die anderen sehen. Sie sitzen auf den Grabsteinen und warten auf uns.

5

Eigentlich wollten wir ja lernen, aber stattdessen machen wir bloß Blödsinn. Vor lauter Alberei habe ich gar nicht gemerkt, dass es Abend geworden ist. Erst als Sadaf kommt, um mich abzuholen, fällt mir ein, dass ich die Schafe ganz vergessen habe.
«Mama sagt, du sollst schleunigst heimkommen!»
Ich verabschiede mich von Ildar und meinen Freunden und gehe nach Hause.
Mama sitzt am anderen Ende des Zimmers am Boden. Zwischen ihren Füßen hält sie einen Wollstriegel, mit dem sie geschorene Wolle auflockert.
«Salam!»
Sie arbeitet schneller, ohne mich anzuschauen. Aber man sieht ihr an, dass sie mir böse ist. Die Schafe blöken und sind ganz unruhig, ich kann sie von hier aus hören.
«Kannst du mir vielleicht verraten, wo du gesteckt hast? Hast du völlig vergessen, dass die armen Tiere Wasser und Futter brauchen? Ich hab weiß Gott schon genug zu tun. Hatten wir nicht ausgemacht, dass du dich um sie kümmerst?!»
Sie ist verärgert. Um meinen Fehler wieder gut-

zumachen, versuche ich zu lachen. «Ist doch halb so schlimm. Ich kümmere mich ja jetzt.»
«Das werden wir ja sehen», murmelt Mama.

Ich gehe raus an den Brunnen, nehme den Holzdeckel ab und lasse den Eimer nach unten. Ich kann hören, wie er auf dem Wasser aufschlägt. Dort unten ist es lauwarm geblieben. Ein halbes Dutzend Eimer muss ich hochziehen, bis die Tränke an der Mauer voll ist. Dann lege ich den Deckel zurück auf den Brunnen und lasse die Schafe aus dem Stall. Kaum sind sie draußen, hört man ihr Blöken in der ganzen Straße. Den Weg zur Tränke kennen sie. Sie schubsen und drängeln und sind ganz verrückt nach dem Wasser. Kaum haben sie ihren Durst gestillt, wuseln sie vor Freude durcheinander und schubsen und stupsen sich gegenseitig. Manche stellen sich auch auf die Hinterbeine und recken die Hälse, um an den Futterbehälter heranzukommen, den wir direkt in einer Ecke im Hof gebaut haben. Nach einer Weile treibe ich die Herde wieder zusammen und zurück in den Stall und fülle Stroh und Luzernen in ihre Krippe. Als ich mit der Arbeit fertig bin, ist es schon fast dunkel.
Mama macht gerade ein Lampenglas sauber. «Hast du die Stalltür auch gut zugemacht?»

«Ja», sage ich, «ich muss nur noch mal durch die Luke reinklettern und den Holzklotz dahinter schieben.»

«Das mach ich später. Geh du inzwischen getrocknete Aprikosen fürs Abendessen kaufen. Es gibt Linsensuppe.»

Also schnappe ich mir meinen Spazierstock und gehe zum Laden. Dort sagt mir Safdar, der heute morgen in der Stadt war, um seine Vorräte aufzufrischen: «Ich hab deinen Onkel im Teehaus in der Stadt getroffen. Er kommt morgen zurück.»

6

Die Sonne geht unter und färbt alle Bergspitzen rot. Ammu Asshaghs Hund sitzt vor der Haustür und beobachtet den Dorfplatz. An der Quelle ist viel Betrieb. Frauen füllen dort ihre Tonkrüge mit Wasser und gehen in alle Richtungen davon. Leute, die weiter oben im Dorf wohnen, sind mit ihren Eseln gekommen. Jeder von ihnen hat einen Tragesack auf dem Rücken. In den stecken die Leute die vollen Wasserkrüge und dann, «he-

he!», treiben sie ihre Esel zurück nach Hause. Vor der Mühle spielen Kinder. Sie machen so viel Lärm, dass man sie schon von weitem hören kann. Ich bin auf dem Weg nach Hause.
Mama näht und Sadaf ist nirgends zu sehen.
«Wo ist denn Sadaf?»
«Auf dem Dach.»
«Auf dem Dach? Bei der Kälte? Was macht sie denn da?»
«Sie hält Ausschau nach unseren Leuten.»

Jetzt fällt mir Papa ein. Ich gehe nach draußen in den Hof. Sadaf sitzt auf dem Dach und starrt gebannt in die Ferne, auf die Straße zur Stadt. Ich gehe um den Hof herum, hinter den Stall, klettere an der Mauer hoch aufs Stalldach. Eiskalter Wind weht mir um die Nase. Als Sadaf meine Schritte hört, dreht sie sich zu mir um und ich laufe übers Stalldach rüber zu ihr.
Ihr Gesicht ist knallrot, sie friert. Ich ziehe meinen Mantel aus und lege ihn um ihre Schultern.
«Was machst du denn hier? Bist du verrückt geworden?»
Statt mir zu antworten, kuschelt sie sich in meinen Mantel.
«Siehst du irgendwas?»
«Noch nicht. Aber ich glaub, da drüben, auf dem

Pass, hat sich was Schwarzes bewegt. Wenn sie das sind, tauchen sie sicher bald wieder auf.»

Ich lasse meine Augen in die Ferne schweifen, dorthin, wo der Pass die Landschaft teilt und sich der Weg in vielen Kurven den Berg entlangschlängelt.
Jetzt sind sogar nicht mal mehr die großen Felsen schwarz. Der Schnee hat sie alle zugedeckt. Die Landschaft und die Straße zur Stadt sehen schrecklich leer aus und einsam. Besonders am Horizont, wo Himmel und Erde nicht mehr voneinander zu unterscheiden sind. Da wird einem richtig schwer ums Herz. Nur Berge, wohin man auch schaut. Und alle sind sie zugeschneit.
Man kann sich gar nicht vorstellen, dass all der Schnee irgendwann schmilzt, dass gleich nach der Schneeschmelze bunte Blumen blühen, dass leckere Pilze wachsen und Gras, wo man hinschaut, und dass alles wieder vom Zwitschern der Vögel und Lärmen der Menschen erfüllt sein wird.
«Djalal!»
«Hm?»
«Wird Papa wieder gesund?»
Ich schaue sie an. Sie sieht immer noch in die Ferne. «Klar, natürlich. Warum soll er nicht wieder gesund werden?»

«Ganz bald?»
«Bestimmt.»
«Wenn Papa so krank ist, bin ich ganz traurig, weißt du.»
Jetzt ist die Sonne verschwunden und hat die Wolken über den Bergen orange und blau und violett gefärbt. Unsere schwarze Katze kommt gerade von ihrem Spaziergang zurück. Sie geht an uns vorbei und springt von Ammu Asshaghs Gartenmauer in unseren Hof. Ein weißer Hund streunt um die Trauerweide, die einsam und nackt mitten in unserem Luzernenfeld steht. Das grenzt direkt an unser Dorf. Wenn kein Schnee mehr liegt und alles grün ist, habe ich Riesenspaß, wenn ich den Hühnern und all den anderen Viechern dort hinterherjage und sie mit Stöcken und Steinen aufscheuche, wo ich kann.

«Da sind sie! Den schwarzen Fleck hab ich vorhin gemeint!»
Ich schaue mir den schwarzen Fleck genau an. Zuerst kann ich nichts erkennen.
Aber er wird immer größer, nimmt Form an und jetzt sehe ich sie auch. «Ja, genau, das sind sie!» Ich bin ganz aufgeregt vor Freude.
Während ich noch versuche mich zu beruhigen, zieht Sadaf schon das Stück Leinen aus der Dach-

luke überm Wohnzimmer, steckt den Kopf durch und brüllt: «Mama, Mama! Papa und die anderen kommen!»

Jetzt kann man Ghaschgha schon deutlich erkennen. Ammu Asshagh führt sie langsam am Zügel neben der Straße über den Berg. Ich nehme Sadaf an der Hand, wir klettern vom Dach und rennen zum Haus. Mama kommt an die Tür, schirmt wie immer die Augen mit der rechten Hand ab und lächelt.

«Tatsächlich, da sind sie.»

«Meinst du, sie bringen gute Nachricht?», frage ich sie.

Sie will mir antworten, aber genau in diesem Moment schaut uns ein Rabe an, der auf Ammu Asshaghs Gartenmauer sitzt, und fängt an zu krächzen. Wir drehen uns alle gleichzeitig zu ihm um.

«Rab-rab, krah-krah, blödes Gekrächze, was hast du denn zu sagen. Verzieh dich!», schreit Sadaf.

Der Rabe lässt sich nicht beeindrucken und krächzt weiter. Erst als Sadaf einen Schneeball nach ihm wirft, fliegt er auf und davon, zu den Bäumen ganz am anderen Ende des Gartens.

«Na, dann mach ich schon mal Feuer und setze Teewasser auf», sagt Mama und geht ins Haus. Ich könnte den anderen ja entgegengehen, denke ich mir. Und prompt kommt Sadaf hinter mir her.

«Wo willst du denn hin?!», schreie ich sie an. «Siehst du nicht, dass der Schnee meterhoch liegt?!»
Sie bleibt auf der Stelle stehen und schaut mir traurig hinterher. Ich gehe vorbei an der Trauerweide und biege ab, auf die Straße zur Stadt. Weil der Schnee langsam hart wird und gefriert, macht mir das Laufen keine Mühe.
Hier und da begegne ich ein paar alten Fußspuren, die sich kreuzen. Noch ein paar Schritte bis zu einem Hügel und dort warte ich, bis Papa und Ammu Asshagh mich erreicht haben.
«Salam, Ammu Asshagh, willkommen! Die Reise war bestimmt anstrengend.»
Er antwortet mir kühl. Papa ist auf Ghaschghas Rücken eingenickt. Er hebt kurz den Kopf unter dem Djadjim und schaut mich an. Sein Gesicht ist noch eingefallener als vor der Reise. Sie ist ihnen gar nicht gut bekommen, das sieht man den beiden an. Ich will etwas fragen, aber Ammu Asshagh schaut so ernst, dass ich nicht den Mut habe, den Mund aufzumachen. Die Kälte und die Müdigkeit machen ihm wohl schwer zu schaffen. Ich gehe neben den beiden her. Ghaschgha schnaubt ab und zu und bewegt ihre Nüstern.

Mama macht uns das Hoftor weit auf, ich helfe, Papa vom Pferd zu heben. Er ist so leicht gewor-

den, dass ich ihn sogar alleine tragen könnte. Wir machen ihm unter dem Korssi sein Bett, Mama deckt ihn zu.
Zu mir sagt Ammu Asshagh: «Geh und kümmer dich um das Pferd. Es hat seit gestern nichts gefressen.»

Im Stall ist es stockdunkel. Ich kann Ghaschghas Halfter nirgends finden. Wenn ich sie nicht anbinde, läuft sie vielleicht nachts durch den Stall und tritt die Schafe. Also muss ich die kleine Petroleumfackel anzünden. In ihrem Licht leuchten die Augen der Schafe. Die stehen oder liegen überall im Stall verstreut oder in der Krippe und käuen gemächlich wieder. Ich mache den Sattelgurt auf und nehme Ghaschgha den Sattel ab.
«Du bist bestimmt fix und fertig, hm?»
Ich bringe ihr einen Arm voll Luzernen und verriegele dann die Stalltür. Auf dem Weg ins Haus sehe ich auf der Hofmauer einen Raben sitzen, der sich sein Gefieder putzt. Ich bin sicher, das ist der, den wir vorhin gesehen haben.

Abdji Bozorg, meine große Schwester, und *Khaleh* Nargess und ein paar andere Leute sind gekommen, um Papa zu besuchen. Mama sitzt an seinem

Bett, nachdenklich und traurig. Ammu Asshagh hustet und raucht. Während er den Rauch durch die Nase ausatmet, gibt er kurze Antworten auf das, was die Leute ihn fragen. Papa ist vor Erschöpfung eingeschlafen. «Inschallah», sagt Tante Nargess, «wartet nur ab bis morgen. So Gott will, werdet ihr staunen, wie gut's ihm dann geht. Für den Allmächtigen ist das eine Kleinigkeit. Mach dir keine Sorgen, Schwester. Erinnerst du dich noch an den Sohn von *Hadj* Mosslem? Dem ging's noch viel schlechter. Keine zwei Monate hat's gedauert und er war wieder auf den Beinen. Und jetzt hat er sogar Arbeit gefunden, drüben, in der Stadt.»

«Sie hat Recht», sagt Ildars Mutter. «Gott ist groß. Aber statt zu reden, macht lieber dem Kranken etwas zu essen.»

«Was kochen wir?», fragt Abdji Bozorg.

«Umadj Aschi. Suppe wird ihm gut tun, die wärmt ihn.»

Abdji Bozorg will in die Küche gehen, um das Essen vorzubereiten, da sagt Mama: «Wir haben kein *Kahlikuti* im Haus.»

«Wir aber», sagt Ammu Asshaghs Frau. Und zu mir sagt sie: «Lauf schnell rüber zu uns. Sag den Kindern, Tante Nurdjahan hat gesagt, sie sollen dir Kahlikuti geben.»

Obwohl die Sterne noch nicht aufgegangen sind, ist es nicht sehr dunkel. Man kann die Trauerweide und die Häuser am anderen Ende des Dorfes gut erkennen. Als ich zum Haus von Ammu Asshagh abbiege, höre ich von weitem ein Geräusch. Es klingt wie ein Heulen und doch anders. Ich muss stehen bleiben und die Ohren spitzen. Das Geräusch kommt vom Berg her. Warum muss ich plötzlich so zittern?
«Was hast du denn, Djalal?»
Ich drehe mich um. Khan Ali steht hinter mir.
«Was ist? Du stehst ja da wie angewurzelt.»
«Ach nichts, einfach so.»
«Wie geht's deinem Vater?»
«Unverändert.»
«Was haben denn die Ärzte in der Stadt gesagt?»
«Weiß nicht. Sie haben ihm nur jede Menge Tabletten gegeben.»
Und wieder höre ich dieses Geräusch, jetzt ist es sogar näher gekommen.
«Hast du das auch gehört?», frage ich Khan Ali.
«Was denn?»
Ohne ihm noch zu erklären, was ich meine, gehe ich weiter. Die Nacht riecht nach Wölfen.

7

Mama packt Papas Tabletten aus und gibt sie ihm einzeln in die Hand. Papa steckt sie alle auf einmal in den Mund, greift nach dem Glas mit Wasser.
«Wird dir auch nicht schlecht, wenn du sie alle auf einmal schluckst?», fragt Mama.
«Nein», sagt Papa und trinkt das ganze Glas leer. Sofort hat er Schweißperlen auf der Stirn. Er muss würgen und hält die Hand vor den Mund.
«Eine Schüssel!», ruft Mama. Noch bevor Sadaf die Schüssel bringen kann, schießt eine Fontäne aus Wasser und bunten Tabletten an mir vorbei und breitet sich auf dem Kelim aus.

8

Als ich die Stalltür aufmache, schaut Ghaschgha mich an und wiehert leise. Im halbdunklen Stall sehe ich nur ihre Augen leuchten. Als meine Augen sich an die Dunkelheit gewöhnt haben, kann ich auch ihren Körper erkennen. Ich bahne mir zwischen den Schafen einen Weg zur Scheune und mache die Tür auf. Es riecht so gut nach Stroh und Luzernen, dass ich den Geruch tief einatme.

Und dann mache ich die Augen zu und stelle mir vor, wie der Schnee schmilzt, ganz schnell, genauso schnell wie Gras und Blumen sprießen und wie um mich herum alles grün wird …

Zuerst füttere ich die Schafe, dann kümmere ich mich um Ghaschgha. Ich fege ihre Krippe aus, gebe ihr eine Hand voll Luzernen und mache die Tür zur Scheune wieder zu. Aber zurück ins Haus will ich noch nicht. Wenn ich Papa in seinem Zustand sehe, kriege ich Herzschmerzen. Seit heute Morgen hat er nichts gegessen. Er liegt nur da, ab und zu hat er die Augen aufgemacht, uns angeschaut und dann ist er wieder eingeschlafen.

Ich lehne mich an die Futterkrippe und höre Ghaschgha beim Kauen zu. Man merkt, dass sie großen Hunger hat. Mama hat mir eingeschärft, den Tieren ja nicht zu viel Futter zu geben. Sie hat Angst, es könnte nicht über den Winter reichen. Deswegen fressen die Armen sich auch nie richtig satt.

Plötzlich rieselt mir durch die Deckenbalken Erde auf den Kopf. Ich schaue hoch. Keine Maus zu sehen. Ghaschgha hört auf zu kauen, obwohl sie nicht mal die Hälfte ihrer Luzernen gefressen hat. Ich schaue sie an, ratlos. Sie hat den Kopf gehoben und lauscht auf ein Geräusch, irgendwo, weit entfernt. Ich gebe ihr einen leichten Klaps auf die Flanke.
«Friss doch. Was hast du denn?»
Reglos bleibt sie stehen und beachtet mich gar nicht. Sie schaut in die Krippe, frisst nicht weiter. Was hat sie bloß? Sie kann doch nicht schon satt sein?
Ich streichle sie weiter.
«Bist du vielleicht krank?»
Jetzt wird sie unruhig. In ihren Augen sieht man ganz deutlich, dass sie Angst hat. Vielleicht hat sich ja ein fremdes Tier in den Stall geschlichen? Ich schaue mich um. Weit und breit nichts Verdächtiges zu sehen. Ich drehe mich wieder zu ihr und versuche sie zu beruhigen. Ich streichle ihre Mähne, ihren Hals, die Blesse auf ihrer Stirn und hoffe, dass sie sich beruhigt. Stattdessen weicht sie meiner Hand aus, tänzelt rückwärts, wiehert und steigt sogar leicht. Die Schafe in ihrer Nähe bringen sich in Sicherheit. Manche hören sogar auf zu fressen und schauen sie an. Sie hat irgendwas,

denke ich mir. Irgendwas macht sie furchtbar nervös. Ich gehe um sie herum, vielleicht hat sich ja ein Tier in ihrem Fell festgebissen? Aber ich finde nichts. Ich will das Halfter enger schnallen, aber Ghaschgha wiehert wieder, steigt höher als vorher und reißt sich los. Was soll ich bloß machen? Ghaschgha läuft im Stall hin und her wie wild. Am liebsten würde sie ein Loch in die Wand reißen und rausspringen.

Während ich sie so beobachte, höre ich plötzlich einen schrillen Schrei und erschrecke zu Tode. Erst bin ich wie versteinert, dann reiße ich die Stalltür auf und renne zum Haus. Papa ist tot.

9

Ich klettere aufs Dach, lehne mich an die Wand von Ammu Asshaghs Haus. Ich zittere am ganzen Körper, ununterbrochen, und meine Zähne wollen überhaupt nicht aufhören zu klappern. Im Haus höre ich die Leute schreien und weinen und Trauerlieder singen. Auf der Straße, die sich zum

Friedhof hochschlängelt, bahnen sich Männer langsam einen Weg durch den Schnee. Sie tragen dicht aneinander gedrängt über ihren Schultern einen Sarg. Ihre Rufe «La ilaha illallah ...» werden mit jedem Schritt lauter und hallen durch die eisigen Gassen. Ich sehe alles nur verschwommen. Den Weg zum Friedhof, die Männer, den Sarg auf ihren Schultern.

10

Die Sonne geht schon unter, als ich vom Grab aufstehe und ins Dorf zurückgehe. Meine Freunde machen eine Rutschpartie vor der Mühle. Vom Rand der Tenne rutschen sie über die Brücke bis vors Mühlentor. Schon von weitem höre ich sie rufen, lachen und Witze machen.
Als ich an ihnen vorbeikomme, ruft Ildar: «He, Djalal, komm doch auch! Das macht Riesenspaß hier!»
Ich schaue nur verstohlen zu ihm hinüber, ohne ihm zu antworten. Er ruft noch einmal.
«He, ich rede mit dir!»

Ich schaue weg und gehe schneller. Der Schneematsch auf der Straße ist hart geworden, bald gefriert er. Als ich an unserem Stall vorbeikomme, wiehert Ghaschgha leise, weil sie mich an meinem Geruch erkennt. Ich gehe durch den Hof ins Haus. Es brennt kein Licht. Mama, Abdji Bozorg und Tante Nargess sitzen im Dunkeln um den Korssi. Abdji zerreibt etwas in einem Mörser und Mama und Tante Nargess versuchen Knoten in einem Strang Wolle zu lösen.
Tante Nargess redet, Mama ist nachdenklich und hat rote Augen, wie immer.
Ich weiß, dass sie weint, wenn sie allein ist. Abdji und Tante Nargess wissen das auch. Deshalb leisten sie ihr meistens Gesellschaft. Wenn ich Mama so sehe, kriege ich Herzschmerzen und die werden jeden Tag stärker.
Ich habe das Gefühl, etwas krallt sich in mein Herz und presst es fest zusammen. Davon bin ich genauso kraftlos geworden wie Mama. Zum Lernen habe ich keine Lust mehr und zu anderen Sachen auch nicht.
«Warum macht ihr denn kein Licht?»

Niemand antwortet mir. Ich kneife die Augen zusammen, um sie an die Dunkelheit zu gewöhnen. Mama wickelt Wolle auf. Sie führt das Knäuel immer um den Strang herum, den Tante Nargess zwischen ihren Händen aufgespannt hält.

«Statt zu trauern, reißt euch zusammen und macht euch an die Arbeit», sagt Tante Nargess und rückt den Strang Wolle zwischen ihren Händen zurecht.

«Gott ist mit dem Tüchtigen. Ihr könnt nicht ewig nur dasitzen und Trübsal blasen. Es wird bestimmt nicht leicht, tausenderlei Probleme kommen auf euch zu. Aber ihr müsst jetzt den Platz des Verstorbenen ausfüllen, statt euch auch noch selbst die Arbeit und das Leben schwer zu machen.»

Ich strecke mich unter dem Korssi aus und starre die Balken an der Decke an.

«Welches Leben denn? Welche Arbeit?», seufzt Mama. «Was ist uns denn geblieben? Ist doch alles hoffnungslos verloren. Das Glück hat uns verlassen. Es fehlt nicht mehr viel und …»

«Du redest, als sei die Welt untergegangen», unterbricht sie Tante Nargess. «Was ist denn?»

«Was ist?», fragt Mama laut. «Man könnte meinen, du seist fremd hier. Siehst du nicht, wie's uns geht, wie arm wir dran sind? Wo soll ich anfangen? Bei den Schulden, in denen wir bis zum Hals stecken? Beim Feld, das niemand mehr pflügen wird? Niemand da, der sät, erntet, bewässert, jätet oder

drischt. Keiner, der sich kümmert um Mensch oder Tier, und tausend andre Scherereien obendrein. Und davon ganz abgesehen, wie viele Hände hab ich denn? Und selbst wenn ich genügend Hände hätte, könnt ich damit noch lange nicht jede Arbeit machen. Kann ich vielleicht eine Sense schwingen, Ernte einbringen? Oder mit der Schaufel losziehen und Bewässerungsgräben ausheben?»
Und sie seufzt wieder.
«Frag mich also lieber nicht, was passiert ist oder wie's mir geht. Ich hab's auch so schon schwer genug, Schwester. Ich bin todunglücklich und am Ende meiner Kräfte. Ich breche bald zusammen, verstehst du mich? Unter einem Riesenberg von Schwierigkeiten aller Art.»
Tante Nargess rückt wieder den Wollstrang zwischen ihren Händen zurecht. «Manchmal muss man eben auch einen solchen Berg in Angriff nehmen.»

Als Tante Nargess das sagt, habe ich auf einmal das Gefühl, mein Herz wird leicht und hell. Ich drehe den Kopf, damit ich sie sehen kann. Sie schaut mich an, und ich merke sofort, dass sie überzeugt ist von dem, was sie sagt.
Mama macht einen neuen Faden auf, wickelt das

Ende ein paar Mal um ihr Knäuel. Das will sie zwischen Tante Nargess' Händen durchführen. Aber da ist schon wieder ein Knoten.

«Lass die Hände mal locker», sagt Mama. «Was ist denn das schon wieder?»

Tante Nargess hält den Strang lockerer.

Und Mama sagt leise: «Die Stütze unsres Hauses ist eingestürzt. Familie, Haus und Hof, um uns ist's ein für alle Mal geschehen.»

«Schäm dich, so zu reden!», fährt Tante Nargess sie an. «Seid ihr vielleicht alle gestorben? Jeder von euch ist eine Stütze für dieses Haus!»

Jetzt hört man den Mörser nicht mehr. Abdji Bozorg gibt den Reis, den sie zerrieben hat, in einen Topf.

«Zerrieben hab ich ihn. Was soll ich kochen? Soll ich *Tark* machen?»

«Ja, wenn du möchtest. Zucker ist in der Vorratskammer.»

Abdji Bozorg geht zur Vorratskammer.

Mama wirft das Wollknäuel lustlos auf den Korssi. «Hat doch keinen Sinn, die Wolle ist hoffnungslos verheddert.»

«Früher oder später müssen wir die Knoten doch aufmachen, oder nicht?», fragt Tante Nargess.

Abdji Bozorg nimmt die Laterne aus dem Regal und zündet sie an. Jetzt erst sehe ich Sadaf mir ge-

genüber unter dem Korssi. Sie hat einen Arm wie ein Kissen unter ihren Kopf gelegt und schläft.
«Der Herr ist allmächtig», sagt Tante Nargess. «Er lässt die Seinen nicht im Stich. Das Schicksal wollte, dass dein Mann so aus dieser Welt geht. Ihr müsst jetzt aufrecht durchs Leben gehen und zusehen, dass ihr keinem Halsabschneider in die Hände fallt. Die Zeiten sind hart. Auf niemanden ist mehr Verlass und man muss auf eigenen Füßen stehen können. Ihr müsst durchhalten.»
«... durchhalten!» Mir fällt ein, was Papa mir vor seinem Tod gesagt hat.

11

Meine Freunde spielen wieder vor der Mühle. Ich kann sie hören. Und diesmal will ich mitspielen. Also ziehe ich mir schnell meine Mütze auf und gehe nach draußen. Hinter Ammu Asshaghs Haus biege ich um die Ecke und kann sie schon sehen, an der Rutschbahn am Fluss, an der sie auch gestern waren. Die Luft ist trocken und klar. Genau das richtige Wetter für eine Rutschpartie.

Ich kann es kaum erwarten und gehe schneller, vorbei an den Pappeln am Fluss.

Khan Ali steht auch oben auf dem Abhang. Er sieht mich.

«He, schaut mal, da kommt Djalal!», ruft er und zeigt in meine Richtung.

Neben Khan Ali steht Ildar. Der traut erst seinen Augen nicht, dann kommt er mir entgegen. «Na, du Stubenhocker», lacht er. «Wo kommst du denn her?»

«Wieso?»

«Na ja, du hast dich doch die ganze Zeit zu Hause verkrochen. Was hast du denn ausgebrütet?»

Ich antworte ihm nicht und schaue hoch zu den anderen. Einer der Jungen schneidet mir eine Grimasse. Jemand wirft zum Spaß einen Schneeball nach uns.

«Bahn frei! Bahn frei …!»

Das ist Ghassem. Wir weichen ihm aus, er hat sich seinen Spazierstock zwischen die Beine geklemmt und schießt an uns vorbei, über die Brücke, legt sich in die Kurve und will bremsen. Aber das schafft er nicht und kracht mit Karacho gegen das Mühlentor. Die anderen halten sich vor Lachen die Bäuche und machen sich lustig über ihn. Erst schaut er sie alle ganz verdattert an und reibt sich dabei den schmerzenden Kopf. Aber dann muss er selbst lachen.

«Er kann ja nichts dafür», meint Ildar. «Er hatte einfach vergessen, dass das Tor zu ist. Dabei wollte er doch nur nachschauen, ob der alte Dadeh Kischi den Weizen schon gemahlen hat.
Khan Ali grinst. «Wenn das Tor offen gewesen wäre, wäre er jetzt selbst schön zu Mehl geworden.»
Inzwischen sind Ildar und ich bei den anderen angekommen. «Da seid ihr ja, alle miteinander.»
«Bloß du hast uns noch gefehlt», antwortet Kalam schlagfertig und Tigh Ali, das Großmaul, ruft: «Hier, schau dir das an, Mann, spiegelglatt!» Seine Augen leuchten vor Begeisterung.
«Wie habt ihr das denn hingekriegt, ihr Schufte? Habt ihr da etwa Öl draufgegossen? Oder habt ihr vielleicht was von Dadeh Kischis Dieselöl mitgehen lassen?»
«Wenn der Alte Diesel hat, wieso hat er dann die Mühle zugemacht? Siehst du die leeren Fässer da an der Wand? Die Leute bringen ihren Weizen doch alle zur Mühle nach Vargeh Saran.»
«Die Bahn ist so glatt geworden, weil wir so viel gerutscht sind», erklärt Tigh Ali.
Und ohne ein Wort zu sagen, geht Ardalan an uns vorbei, nimmt Anlauf und rutscht, auf ein langes schwarzes Schürholz gestützt, im Stehen den Abhang runter.

«Macht Platz, Leute!», ruft Tigh Ali. «Jetzt kommt Djalal dran!»

Gholam, der gerade losrutschen wollte, geht zur Seite. «Du zuerst.»

Ich schaue mir den Abhang genau an. Ganz schön steil und das Eis sieht schon silbern aus, weil die Jungen so viel gerutscht sind.

«Nun mach schon», drängt Ildar. «Was ist? Hast du Schiss?»

«Das könnte dir so passen, was! Gleich kriegst du Schiss!»

«Pass bloß auf! Willst du Streit oder was», fragt er und fuchtelt mir mit seinem Stock vor der Nase rum.

«Hier, komm, ich weiß doch, was dir fehlt. Nimm den hier, stütz dich ab.»

«Nein, ich rutsche lieber ohne Stütze, im Stehen», sage ich, nachdem ich mir den Stock angeschaut habe.

Ildar zuckt mit den Schultern und sagt nichts. Meine Stiefelsohlen sind spiegelglatt. Ich weiß, dass ich damit blitzschnell den Abhang runterkomme.

Ich gehe einen Schritt zurück, nehme Anlauf. ‹Moment›, denke ich dann. ‹Was, wenn ich nicht heil unten ankomme? Der Boden ist steinhart. Wenn ich auf die Nase falle, komm ich nie wieder auf die Beine.›

«Was ist jetzt?», drängt Ildar.
«Rutsch du zuerst. Ich komm hinter dir her.»
Er schüttelt den Kopf. «Na gut», sagt er, «bin schon auf dem Weg. Rutsch du lieber im Sitzen. Im Stehen brichst du dir garantiert alle Knochen.»
Ohne Anlauf zu nehmen, stützt er sich auf seinen Stock und schlittert los.
Ammu Asshaghs Hund geht draußen spazieren. An der ersten Pappel macht er Halt, hebt sein Bein und beobachtet uns dabei.
«Ein paar Tröpfchen Rosenwasser gefällig, ist genug für alle da!», kommentiert Gholam und bringt uns zum Lachen. Ich betrachte mir den Abhang noch einmal: Jetzt oder nie, sage ich mir. Hals- und Beinbruch!
Ich nehme Anlauf und schon geht's bergab. Die Bahn ist sogar noch glatter, als ich dachte, ich sause mit Riesentempo auf das Mühlentor zu, das wird groß und immer größer. Aber noch vor der Brücke bleibe ich mit meinem linken Fuß hängen und stolpere. Schnell beide Arme ausbreiten, Gleichgewicht halten! Die anderen sind auf einmal ganz still und starren mir nach. Ich glaube, ich bin kreideweiß. Die Vorstellung, ich könnte gleich hinfallen und mir alle Knochen brechen, treibt mir kalten Schweiß auf den Rücken. Und dann

habe ich's plötzlich doch geschafft, heil bis ans Ende der Rutschbahn, ohne hinzufallen. Gott sei Dank. Ardalan und Ghassem, die ihr Spiel unterbrochen hatten, machen mit ihrer Schneeballschlacht weiter.
«Na, wie war's?», fragt mich Ildar.
«Wusste gar nicht, dass es so schwer ist, auf den Beinen zu bleiben.»

12

Einer der Dachbalken knackst. Ich schaue erschrocken an die Decke.
«Der wird doch nicht zerbrechen?»
«Nein, er knackst nur.»
«Warum knackst er denn?», fragt Sadaf.
«Weil's draußen so kalt ist», erklärt ihr Mama. Sie steht auf und geht ans Fenster. «Das will gar nicht aufhören!»
Seit heute Morgen schneit es ununterbrochen. Schnee fällt auf Schnee. Wir hatten gehofft, dass es bald aufhört, damit wir das Dach freischaufeln können. Aber es schneit einfach weiter und es

sieht ganz so aus, als ob das noch eine Weile so weitergehen wird.
«Die Flocken sind winzig klein. Ich glaube, so bald wird uns der Schnee keine Ruhe lassen.»
«Wird das nicht gefährlich, wenn's bis morgen weiterschneit?»
«Doch. Dann wird das Dach zu schwer!»
Mama geht vom Fenster weg und dreht den Docht in der Lampe höher. Ich schaue noch einmal an die Decke. Dann stehe ich auf.
«Wohin willst du?»
«Den Schnee vom Dach schaufeln.»
«Jetzt?!»
«Ja.»
«Aber es ist eiskalt draußen. Außerdem ist das Dach vereist. Nicht dass du ausrutschst!»
«Keine Angst. Ich pass schon auf.»
Ich nehme die Schneeschaufel, die hinter der Tür steht, und gehe nach draußen. Es schneit in kleinen Flocken. Der Abend ist kalt und still. Als ob er auf etwas wartete. Ich werfe erst die Schneeschaufel aufs Wohnzimmerdach und gehe dann auf die Straße. An der eiskalten Mauer klettere ich hoch aufs Stalldach.
Kch-kch-kch. Von der anderen Straßenseite her höre ich eine Schneeschaufel kratzen und drehe mich um. Ildars Papa schaufelt auch Schnee vom Dach.

«Arbeiten Sie nicht zu schwer, Masch Sardar!»
Er schaut von seiner Arbeit auf und sieht zu mir herüber. «Danke schön. Was machst du denn da?»
«Unser Dach freischaufeln.»
Zuerst sieht er mich wortlos an. Dann macht er sich wieder an die Arbeit.
Von anderen Dächern her höre ich jetzt auch andere Männer reden und Schnee schaufeln. Ich klopfe mir den Schnee von den Kleidern, gehe hinüber aufs Wohnzimmerdach und hebe die Schneeschaufel auf. Erst kommt dieses Dach an die Reihe, dann das Stalldach. Damit meine Hände nicht kalt werden, reibe ich sie mit Schnee ein und fange an dem Ende an, das ans Stalldach grenzt.

Der Schnee ist schwerer, als ich dachte. Ich komme schnell ins Schwitzen und merke gar nicht mehr, wie kalt es ist. Während ich den Schnee vor mir her schiebe, erhöhe ich das Tempo. Immer wenn ich in der Mitte des Daches ankomme, bleibe ich stehen und verschnaufe kurz. Dabei drehe ich mich jedes Mal um und schaue mir an, was ich geschafft habe. Sieht ganz und gar nicht ermutigend aus. Die Stelle, die ich eben freigeschaufelt habe, hat neuer Schnee schon wieder weiß gemacht.

«Macht nichts», sage ich mir. «Wenigstens wird das Dach jetzt nicht mehr so schwer.»
Gerade als ich mit dem Wohnzimmerdach fertig bin, ruft mich Mama und ich gehe an den Dachrand.
«Was?»
«Wie weit bist du denn?»
«Mit dem Wohnzimmerdach bin ich fertig.»
«Brauchst du Hilfe?»
«Nein, das schaff ich schon allein.»
«Aber es ist doch noch so viel.»
Ich spucke in die Hände und halte die Schneeschaufel wieder fest. «Macht nichts, du kannst ruhig wieder reingehn.»
Bald steht mir Schweiß auf der Stirn. Bloß keine Erkältung kriegen, denke ich mir. Ich gehe zur Dachluke und ziehe das dicke Stück Leinen heraus, mit dem sie zugestopft ist.
«Haaa-llo, Mama, bring mir bitte meine Mütze!»
Mama kommt an die Luke.
«Ruh dich doch erst ein bisschen aus und mach später weiter.»
«Nein, ich bin nicht müde. Ich will bloß meine Mütze.»
«Na schön. Wie du willst.»
Ich stecke das Stück Leinen wieder an seinen Platz. Die Flocken, die mir eben in den Kragen

geschneit sind, schmelzen und laufen mir langsam den Rücken runter. Es wird immer dunkler, bald ist es Nacht. Trotzdem kann man in Umrissen noch die Bäume in Ammu Asshaghs Garten erkennen.
«Hier, deine Mütze!»
Das ist Sadafs Stimme. Ich schaue weg von den Bäumen und gehe zurück an den Dachrand.
«Wirf sie schon her!»
Sadaf wirft die Mütze zwar hoch, aber sie fliegt nur bis unter die Dachrinne und fällt wieder runter.
«Höher!», rufe ich ihr zu. «Oder hast du heute kein Brot gegessen?»
Beim zweiten Versuch klappt es. Ich fange die Mütze und ziehe sie gleich auf. Jetzt kommt das Stalldach dran. Weil es so holprig ist, ist das Schneeschippen hier anstrengender als auf dem Wohnzimmerdach. Langsam werde ich müde, so müde sogar, dass ich das Gefühl habe, wenn ich jetzt auch nur eine Sekunde verschnaufe, kann ich nie mehr weitermachen. Um mir die Arbeit zu erleichtern, schiebe ich zuerst den Schnee auf der Straßenseite hinunter auf die Straße. Dann gehe ich ans andere Ende und schiebe den Schnee von dort aus Stück für Stück vor mir her.

Und irgendwann ist dann auch das Stalldach freigeschaufelt. Endlich kann ich mich wieder auf-

richten und verschnaufen. Alle Knochen tun mir weh.
Einmal schaue ich mir noch an, was ich geschafft habe. Dann werfe ich die Schneeschaufel runter in den Hof. Und weil ich keine Lust habe, den Weg über die Straße zu nehmen, springe ich einfach mitten in den Schnee im Hof und gehe von dort aus ins Haus.

13

«Aufstehen, es ist Zeit. Oder willst du heute nicht zur Schule?»
Im Halbschlaf höre ich, dass Mama mich ruft. Schon zum dritten Mal. Jedes Mal, wenn ich aufstehen will, wird mir schwindelig und ich bin so schwach, dass ich mich gleich wieder hinlege und einschlafe. Aber irgendwann muss ich ja doch aus dem Bett. Also schlage ich die Decke zurück und stehe auf. Mein Kopf ist schwer. Matt und kraftlos setze ich mich auf den Korssi.
«Was ist?», fragt mich Mama. «Hast du nicht ausgeschlafen?»

Ich stehe auf und hole die Kanne, die hinter der Tür steht.
«Ich hab Wasser warm gemacht. Komm, hol dir warmes Wasser.»
Ich trage die Kanne an den Herd. Mama gießt das warme Wasser erst in eine Schüssel und aus der Schüssel in die Kanne.

Draußen liegt hoher Schnee. Es hat wohl fast die ganze Nacht geschneit.
Meine Kanne klemme ich zwischen die Beine und wasche mir Gesicht und Hände. Das warme Wasser tut gut. Aber ich fühle mich trotzdem noch schlapp und schläfrig. Sicher vom Schneeschippen gestern Abend. Als ich zurückkomme, hat Mama auf dem Korssi schon das Frühstück gedeckt. Ich setze mich hin und merke jetzt, dass ich auch Halsschmerzen habe, ein Gefühl, als ob mir Dornen in der Kehle stecken. Mama ist gerade dabei, das Jogurt zu verteilen.
«Ich trinke bloß Tee, ohne Zucker.»
«Wieso denn das?»
Ich möchte ihr antworten, stattdessen muss ich niesen. Mama schaut mich an.
«Na herzlichen Glückwunsch! Das hat mir grade noch gefehlt. Du hast dich bestimmt gestern Abend erkältet. Hab ich nicht gesagt, du sollst es

sein lassen? Aber du musstest ja unbedingt deinen Kopf durchsetzen.»

«Wenigstens ist das Dach jetzt frei.»

«Und was haben wir davon? Dafür bist du jetzt krank.»

«Ist doch nicht so schlimm. Ich werde ja wieder gesund.»

Sie setzt sich neben mich und fasst mir an die Stirn.

«Ganz recht, überhaupt nicht schlimm. An deiner Stirn kann man sich die Finger verbrennen», stellt Mama fest.

«Pass auf, dass die Milch nicht überkocht!», ruft sie Sadaf zwischendurch zu und Sadaf kommt ins Zimmer. Und zu mir sagt Mama noch: «In deinem Zustand kannst du jedenfalls nicht in die Schule gehen.»

«Doch, doch, ich gehe.»

«Natürlich. Damit du erst richtig krank wieder heimkommst», sagt sie ärgerlich. «Du kriegst jetzt Medizin, legst dich unter den Korssi und schwitzt deine Erkältung aus.»

Dazu habe ich überhaupt keine Lust, aber es sieht ganz so aus, als hätte ich keine andere Wahl.

«Einer nach dem andern lasst ihr mich im Stich», sagt Mama. «Keine Hilfe hab ich mehr. Musstest du unbedingt krank werden?»

Ich antworte ihr nicht, weil ich schon an die langweilige Zeit denke, die mir jetzt hier zu Hause bevorsteht. Mama steht auf und bringt mir eine Schüssel mit heißer Milch.
«Hier, trink. Das wird dir gut tun.»

Eine Stunde später machen die Geschäfte auf, und Mama kauft ein paar Päckchen Alawi. Eines davon reißt sie auf. «Halt mal die Hand auf», sagt sie und schüttet den gesamten Inhalt auf meine Handfläche. «Alles auf einmal schlucken.»
«Das bittere Zeug?»
«Bitter? Und wenn schon. Wenn du's nicht nimmst, wirst du nicht gesund. Augen zu und runter damit.»
«Bring mir bitte Wasser.»
Das Pulver sieht abscheulich aus. Und genau wie Mama gesagt hat, führt sie meine Hand und schüttet mir alles auf einmal in den Mund. Schmeckt scheußlich bitter und ich trinke mit Riesenschlucken Wasser hinterher.
«So, jetzt ab unter den Korssi und ordentlich geschwitzt.»
Ich krieche bis zum Hals unter die Decke.
«Den Kopf auch zudecken.»
«Dann erstick ich ja.»
«Du wirst schon nicht ersticken. Der Kopf ist das wichtigste.»

Unter dem Korssi riecht es nach Asche und nach verbrannten Kartoffeln. Und ich muss so lange hier unten liegen bleiben, bis ich klatschnass geschwitzt bin.

14

Ich komme aus der Schule. Sadaf hat ihre Schulsachen auf dem Korssi ausgebreitet und macht Hausaufgaben. Als sie mich sieht, fragt sie mich gleich: «Diktierst du mir was? Ich muss üben, wir schreiben morgen ein Diktat.»
«Warte bis heut Abend», antworte ich ihr und lege meine Bücher ins Wandregal. Dabei greife ich auch gleich in die Brotschale. Die ist leer. Nur ein Stückchen *Pandjewisch* ist noch drin, schwarz gebrannt und knochentrocken. Wenn ich es fallen lasse, zerbricht es bestimmt in tausend Stücke. Naja, besser als nichts. Wenigstens hört damit mein Magen auf zu knurren.
«Haben wir kein Brot mehr?»
«Nein. War nur noch ein Stück *Lawasch* übrig. Und das hat Mama dir auf dein Essen gelegt.»

«Wo?»

«In der Speisekammer.»

Ich hole mir mein Essen. Mama hat Kartoffelbrei gemacht.

«Und wo ist Mama?»

«In der Scheune.»

«Was macht sie denn da?»

«Luzernen klein schneiden, für die Tiere.»

Ich esse schnell auf und gehe zum Stall. Die Tür steht offen.

«Salam, Mama, wie geht's dir?»

Sie schaut mich an, während sie die Sichel zwischen ihren Füßen im Gleichgewicht hält.

«Aleike-Salam, danke, mein Junge, da bist du ja.»

Sie zieht das Tuch zurecht, das sie sich als Mundschutz umgebunden hat, und arbeitet weiter. Neben der Sichel türmen sich die Luzernen, die schon klein geschnitten sind. Ich fülle sie in einen Korb. Ein Schaf steckt seinen Kopf durch die Scheunentür und beobachtet uns bei der Arbeit.

«Wir müssen zusehen, dass das Futter über den Winter reicht, sonst gnade uns Gott. Vergiss ja nie, die Tür zuzumachen, wenn ich mal nicht da bin. Sonst fressen uns die Schafe alle Haare vom Kopf.»

«Keine Angst, ich pass schon auf.»

Ich lehne mich an die Wand. Die Scheune ist warm und riecht gut. Vor einiger Zeit lag hier das Heu noch fast bis unters Dach. Jetzt ist nur noch halb so viel da. Der Vorrat an Klee und Luzernen wird auch bald aufgebraucht sein.
Mama hat flinke Hände. Geschickt greift sie sich die Bündel heraus und schneidet sie im Handumdrehen eins nach dem anderen klein. Jetzt erst fällt mir wieder ein, warum ich überhaupt hergekommen bin.
«Mama, lass mich den Rest klein schneiden.»
«Ich mach das schon», sagt sie, ohne ihre Arbeit zu unterbrechen. «Das kannst du nicht.»
«Wieso soll ich das nicht können?», frage ich sie trotzig. «Natürlich kann ich das.»
«Das ist gar nicht notwendig. Wenn du helfen willst, kannst du den Schafstall ausmisten. Arbeit gibt's genug.»
«Ja, mach ich gleich. Aber lass mich erst den Rest schneiden, bitte!»
Wieder hat sich ein Luzernenberg aufgetürmt. Mama schiebt ihn zur Seite und richtet sich auf. «Ich hab doch gesagt, das ist keine Arbeit für dich.»

Ich gehe hinüber in den Stall und knalle wütend die Tür hinter mir zu. Die Schafe stehen um die Krippe verstreut, mit der alten Schaufel scheuche

ich sie in eine Ecke. Ein junger Schafbock geht erst ein paar Schritte rückwärts, drängelt sich dann übermütig wieder vor und will mich auf seine kleinen Hörner nehmen, aber er kriegt einen Klaps auf die Stirn.
«Hau ab, dir geht's wohl zu gut.»
Er verzieht sich zu den andern Schafen. Die Schafsknöddel habe ich schnell zusammengefegt. Auf dem nassen Stallboden verteile ich trockenen Kuhdung, das ist angenehmer für die Schafe. Dann gehe ich zurück in die Scheune und schaue Mama weiter bei der Arbeit zu. Sie beobachtet mich aus den Augenwinkeln.
Nach einer Weile hebt sie den Kopf und fragt:
«Was ist? Worauf wartest du?»
«Bin fertig mit Ausmisten.»
«Wunderbar. Danke dir.»
«Und was kann ich jetzt machen?»
«Zu tun gibt's noch genug. Aber du kümmerst dich jetzt besser um deine Schularbeiten.»
«Weiter nichts? Bist du denn gar nicht müde? Soll ich dich nicht ein paar Minuten ablös…»
«Mach dir um mich mal keine Sorgen», unterbricht sie mich. «Geh und setz dich an deine Arbeit.»

15

Ich mache meine Schulaufgaben, räume schnell mein Heft und mein Buch weg und versuche ganz unauffällig alles so zu machen wie sonst auch. Dann gehe ich zur Tür. Am liebsten würde ich schnell in meine Stiefel schlüpfen und in den Stall rennen, aber ich muss mir Zeit lassen und am besten auch außer Sichtweite bleiben, damit Mama keinen Verdacht schöpft.
Ein Blick genügt und sie merkt mir sofort an, ob ich ihr was verheimliche. Vielleicht geht ja auch alles glatt. Aber ich bin ziemlich sicher, dass mich eine falsche Bewegung verraten würde. Mamas Adleraugen entgeht nichts.
«Was hast du? Ist was?»
Jetzt muss ich mir etwas einfallen lassen, auch wenn sie sich davon nicht überzeugen lassen wird. Die Haustür quietscht und gleichzeitig höre ich Mama fragen: «Wohin willst du?»
«Muss was erledigen», antworte ich ihr, ohne mich umzudrehen. Lieber schnell weiter, bevor ich noch mehr zu hören kriege. Als ich endlich draußen bin, habe ich das Gefühl, die ganze Straße hat Augen und beobachtet mich. Alles ist neugierig darauf, wohin ich will und was ich vor-

habe. Am Stall angekommen, greife ich durch das Loch in der Mauer und mache erst den Riegel auf, dann die Tür, vorsichtig, nur einen Spalt breit, und zwänge mich in den Stall. Weil Ghaschgha leise wiehert, schaue ich schnell hoch zur Dachluke. Nicht dass Mama plötzlich auf die Idee kommt, von da oben aus nach mir zu suchen, schießt es mir durch den Kopf. Aber die Luft ist rein.

Ich mache die Stalltür hinter mir zu und gehe in die Scheune. Hier ist es noch dunkler als im Stall. Ich will nirgends anstoßen und auf keinen Fall Lärm machen. Deshalb bleibe ich einen Moment stehen und mache die Augen zu, damit sie sich an die Dunkelheit gewöhnen. Es ist gar nicht so dunkel, wie ich anfangs dachte.

Eigentlich kann ich alles ganz gut erkennen. Und wenn ich mehr Licht haben will, brauche ich nur die Luke auf der Seite zu Ammu Asshaghs Grundstück aufzumachen. Aber die ist dicht unter dem Dach und ich gelange nur dorthin, wenn ich ein paar Ballen Luzernen aufeinander stapele und daran hinaufklettere. So, schon viel besser.

Die Sichel lehnt drüben an der Wand. Ich trage sie mitten in die Scheune und lege den Stein darunter, der dazugehört, um sie ein bisschen anzuheben.

Dann fahre ich mit dem Finger vorsichtig über die Schneide – schön scharf.

Also dann, hingesetzt und an die Arbeit. Ich knote den ersten Ballen Luzernen auf. Eine Hand voll nehme ich heraus, halte das Bündel an beiden Enden fest und ziehe es über die Sichel.

Krrr-krrrtsch …, das Geräusch gefällt mir. Jetzt also die geschnittenen Teile aufeinander legen, festhalten und noch einmal durchschneiden. Diesmal klingt es lauter, und es geht auch nicht so einfach wie beim ersten Mal.

Wer sagt denn, dass ich das nicht kann? Ich bete bloß, dass Mama nichts hört, und überlege, ob ich dieses Geräusch schon einmal gehört habe, wenn ich nebenan im Haus war. Ich kann mich nicht erinnern. Früher habe ich auf so etwas nie geachtet.

Jedenfalls ist das Geräusch angenehm. Das erste Bündel ist schneller klein geschnitten als ich dachte. Und schon kommt das nächste an die Reihe.

Der Berg vor der Sichel wächst schnell. Ich schiebe das geschnittene Futter beiseite, schaffe mir wieder Platz und fange an zu träumen. Was wird Mama denken, wenn sie all die geschnittenen Luzernen sieht? Ich male mir aus, wie sie abends in die Scheune geht, todmüde von der Hausarbeit.

Sie muss noch Futter schneiden, auch wenn ihr diese Arbeit die lästigste von allen ist. Ganz in Gedanken macht sie die Scheunentür auf und dann ... Jetzt sehe ich sie auf mich zukommen. Sie ist ganz entspannt, ihre Augen lachen. Sie schaut mich an, aber ich sehe weg und tue, als sei gar nichts.
Und dann muss sie schließlich das erste Wort sagen: ‹Ist das dein Werk?›
Ich stelle mich dumm: ‹Was denn?›
‹Na das Futter ... Willst du mir weismachen, dass du das nicht klein geschnitten hast?›
Mit gespielter Gleichgültigkeit schlage ich mein Schulheft auf. ‹Ach so, das Futter. Doch. Ich hatte nichts anderes zu tun, also hab ich gedacht, ich schneide mal eben ein paar Bündel klein.›
Die Sichel wackelt zwischen meinen Füßen und reißt mich aus meinen Gedanken! Ein neuer Futterberg ist vor mir gewachsen. Ich schiebe ihn zur Seite, richte die Sichel wieder auf und rücke die Unterlage gerade. Jetzt merke ich, dass ich die Stücke zu groß schneide. So müssen sich die Tiere beim Kauen zu sehr anstrengen. Also fasse ich die Bündel enger und schneide kleinere Stücke. Auf diese Art komme ich zwar nur langsam voran, aber es geht nicht anders. Ich muss eben schneller schneiden, damit's nicht ewig dauert.

Wie viele Bündel ich schon klein geschnitten habe, weiß ich nicht …

Plötzlich rutscht die Sichel vom Stein, wackelt und meine Hand brennt wie Feuer! Ich schreie auf und lasse die Luzernen sofort fallen! Meine Hand tut so weh, dass ich nicht ruhig sitzen bleiben kann. Ich springe wie wild durch die Scheune und schwenke meinen Arm durch die Luft. Wenn mich jemand jetzt so sieht, muss er denken, ich bin entweder verrückt geworden oder ich tanze.
Aber das hilft gar nichts. Der Schmerz hört nicht auf, er wird sogar größer! Als ich meine Hand von der Wunde nehme, schießt sofort Blut. Jetzt sehe ich erst, dass ein Stück Haut von meinem Zeigefinger hängt, und ich bekomme Angst. Die Wunde muss auf jeden Fall aufhören zu bluten! Also drücke ich das Stück Haut wieder an, presse meine Hand auf die Wunde und springe vor Schmerzen weiter im Kreis.
Die Sichel ist umgekippt und liegt am Boden. «Siehst du», sage ich zu ihr und verpasse ihr vor Wut noch einen Tritt, «jetzt hab ich alles vermasselt.»
Bald ist meine ganze Hand voller Blut. In der Scheune kann ich jedenfalls nicht bleiben, ich

muss raus hier. Also schiebe ich die Scheunentür mit dem Fuß hinter mir zu und renne zur Stalltür. Verriegelt!

Obwohl ich Schmerzen habe, muss ich lachen.

«Mein Glückstag heute.»

Irgendwie schaffe ich es, mit dem Ellenbogen den Riegel hochzuschieben, und gehe in den Hof. Aber vor der Wohnungstür bleibe ich stehen wie angewurzelt.

Wie soll ich jetzt Mama unter die Augen treten? Was wird sie sagen, wenn sie mich so sieht? Ich recke den Hals und schaue durchs Fenster. Niemand zu sehen.

«Sadaf! Sadaf!», rufe ich. Kurz darauf kommt sie ans Fenster.

«Was ist denn?»

«Komm mal kurz nach draußen.»

«Was willst du denn?»

«Nun komm schon her. Hilf mir mal.»

«Na gut. Gleich.»

Hinter der Hofmauer verstecke ich mich. Ich puste zur Kühlung auf meine Wunde. Dann geht die Wohnungstür auf und Sadaf kommt nach draußen.

«Wo bist du denn?»

Ich luge hinter der Mauer hervor. «Hier.»

Sie schaut mich ein bisschen überrascht an, dann

lacht sie. «Wieso hast du dich da hinten versteckt?»
«Nicht so laut, was soll denn das», flüstere ich.
Sie kommt fröhlich auf mich zu. «Was hast du denn da in der Hand? Hast du etwa einen Vogel gefangen?»
«Aber klar doch! Und was für einen!»
Ich stehe so vor ihr, dass sie das Blut nicht gleich sehen kann. «Was ist denn passiert?», will sie wissen.
«Hör mir gut zu. Du gehst jetzt ins Wohnzimmer und holst mir heimlich einen alten Lappen.»
Sie schaut mich misstrauisch an. «Wozu das denn?»
Ich beiße vor Schmerz die Zähne zusammen.
«Bring mir einfach den Lappen. Geht dich gar nichts an, wozu ich ihn brauche.»
Sie reckt neugierig den Hals. Und als sie meine blutige Hand sieht, fängt sie prompt an zu schreien.
«Oh wei, oh Gott, deine Hand! Was ist denn mit deiner Hand passiert?!»
«Schrei doch nicht so, du dumme Ziege. Oder soll das ganze Dorf dich hören?»
Aber sie lässt nicht locker. «Hast du dich geprügelt?»
Ich würde ihr gern ihr vorlautes Mundwerk stopfen, aber meine Hand tut mir zu weh.
«Gehst du jetzt oder willst du erst die Geheimnisse des Universums lösen?»

«Ist ja gut. Ich hol dir gleich deinen Lappen.»
Während sie geht, habe ich das Gefühl, ich war vielleicht doch etwas zu grob zu ihr und die Sache wird kein gutes Ende nehmen. Ich versuche etwas freundlicher zu wirken und rufe hinter ihr her: «Sadaf!»
Sie dreht sich um: «Hm?»
«Mama darf auf keinen Fall was merken.»
«Ich pass schon auf, mach dir keine Sorgen», sagt sie und geht weiter.

Ich will gerade aufhören, mir Sorgen zu machen, da kommt Mama auch schon angerannt, sogar ohne Kopftuch.
«Zeig her, du Nichtsnutz. Was hast du jetzt wieder angestellt?»
Ich bin plötzlich wie versteinert. So hatte ich mir das nicht vorgestellt.
Jetzt ist wirklich alles schief gegangen. Es hat keinen Sinn, dass ich mich weiter verstecke.
Mama schaut sich meine Wunde an und schlägt sich vor Schreck aufs Knie. «Herr, erbarme dich! Wie hast du dich denn zugerichtet?!»
«Halb so schlimm. Bloß ein bisschen geschnitten.»
Sie zerrt mich am Arm bis zur Haustür.
«Sadaf! Sadaf! Bring die Wasserkanne!»
Sadaf kommt mit der Kanne nach draußen.

«Streck die Hand aus», fordert Mama und ich halte sie unters Wasser. Das kühlt, der Finger tut schon nicht mehr so weh. Und solange Mama den Kopf über meine Wunde beugt, schneide ich Sadaf Grimassen und rolle die Augen, damit sie sieht, dass ich wütend auf sie bin. Sie zuckt mit den Schultern und will mir weismachen, dass es nicht ihre Schuld ist.
«Sieh zu, dass es nicht weiterblutet», sagt Mama.
Ich presse meine Hand auf die Wunde.
«Der Stoff, wo hast du den Stoff hingetan?», fragt Mama Sadaf.
Sie zieht den Lappen aus ihrer Tasche. Die Wunde fängt wieder an zu bluten.
«Streichhölzer», sagt Mama laut. «Lauf und hol eine Schüssel und Streichhölzer.»
Sadaf bringt beides, Mama wirft den Stoff in die Schüssel und zündet ihn an. Sie lässt ihn ganz verbrennen, bis nur noch Asche übrig ist. Auf die Asche schüttet sie ein bisschen Puderzucker und vermischt beides.
«Das wird das Blut stillen.»
Sie legt meine Hand auf ihren Schoß und streicht die Paste auf die Wunde. Au!, das tut weh und ich zucke zurück.
Mama zwickt mich ins Bein. «Hiergeblieben. Halt die Hand ruhig!»

Die warme Asche tut gut, ich werde ruhiger. Der Finger hört bald auf zu bluten, meine Hand juckt und ich habe das Gefühl, mein Herz pocht unter der Wunde.

Mama wäscht sich die Hände unter der Wasserkanne. Dann sagt sie: «So, und jetzt erklär mir mal, wie du das angestellt hast?»

Ich kann nur stammeln: «E-einfach so, hab mich geschnitten.»

«Hab ich vielleicht gesagt, du bist ausgeglitten? Womit, will ich wissen? Womit hast du dich geschnitten?»

«Mit der Sichel.»

Sie will mir nicht glauben.

«Mit der Sichel?! Mit welcher Sichel?»

«Mit unserer.»

«Wo hattest du die denn her?»

Ich kann ihr kaum antworten.

«Ich wollte ..., ich hab ..., Futter hab ich geschnitten damit.»

Jetzt wundert sie sich erst recht.

«Futter hast du geschnitten? Hat dir vielleicht jemand gesagt, du sollst Futter schneiden? Solltest du das?»

16

Im Laden reden die Leute seit Tagen von Rebhühnern und Rebhuhnfang. Seit zwei Wochen machen sich jeden Tag ein paar von ihnen auf den Weg in die Berge, um Rebhühner zu fangen. Die meisten haben auch Glück und kommen mit vollen Händen wieder. Sie sagen, die Tiere bleiben im Schnee stecken und man kann sie ganz einfach fangen. Ich sitze dabei und höre ihnen interessiert zu.
Plötzlich sagt Ammu Asshagh: «Morgen geh ich auch in die Berge.»
«Haben sie dich endlich angesteckt», meint Safdar, der Ladenbesitzer.
«Besser, als immer nur unter dem Korssi zu sitzen. Immerhin springt ein oder zwei Mal gutes *Abguscht* dabei heraus, wenn ich welche fange.»
«Na schön, dann bin ich dein Partner», sagt Safdar.
«Wenn ein Partner von Vorteil wäre», schmunzelt Ammu Asshagh, «dann hätte der liebe Gott sich auch einen genommen. Ich für meinen Teil halte nichts von Partnern. Ich ziehe lieber alleine los.»
So so, denke ich mir, als ich aus dem Laden komme. Ammu Asshagh geht also auf Rebhuhnfang. Und plötzlich schießt es mir durch den Kopf: Wie wär's, wenn ich ihn begleite?

Den ganzen Tag über denke ich an die Berge und an Rebhühner. Am Abend endlich will ich mit Mama darüber sprechen. Ich weiß nur nicht, wie ich anfangen soll oder ob sie's mir überhaupt erlaubt, wo doch meine Wunde am Finger noch nicht ganz ausgeheilt ist. Aber schließlich fasse ich mir ein Herz und spreche die Sache an.
«Mama, Ammu Asshagh geht morgen Rebhühner fangen, weißt du?»
Sie strickt gerade Strümpfe für Sadaf und sagt ganz ruhig: «Soll er nur gehen, niemand hindert ihn daran.»
«Ich mein ja nur», antworte ich, viel lebhafter als Mama. «Rebhühner fangen ist kinderleicht, weißt du. Sie werden vor Kälte starr und stecken ihre Köpfe in den Schnee. Und dann zieht man sie einfach raus.»
«Einfach so?»
«Ja, einfach so.»
«Na, er soll sich's schmecken lassen, Inschallah, er soll ein ganzes Dutzend fangen.»
«Das schafft er spielend. Was hast du denn gedacht?»
Sie wird misstrauisch. «Wie kommt's, dass du dich heute Abend so für deinen Onkel stark machst?»
Aufpassen! Es fehlt nicht viel und Mama merkt, worauf ich hinaus will.

«Nur so», sage ich kleinlaut. Und dann: «Jedenfalls hat Ammu Asshagh das so gesagt.»

Mama murmelt eine Bemerkung und will wohl kein weiteres Wort über die Sache verlieren. Ich muss sie unbedingt in ein Gespräch verwickeln und fange an, ihr Fragen zu stellen.

«Mama, ist Rebhuhnfleisch wirklich das leckerste Fleisch?»

«Woher soll ich das wissen. Das musst du schon die fragen, die das leckerste Fleisch essen.»

Und dann rutscht es mir heraus: «Wieso soll ich die fragen? Ich probier's morgen einfach selbst.»

Sie runzelt die Stirn. «Selbst willst du's probieren? Wie denn das?»

«Na ja, ganz einfach. Ich esse davon.»

Mama schmunzelt. «Du wirst sicher nicht bloß an ihnen riechen wollen. Aber woher nimmst du sie denn, um sie zu probieren?»

Jetzt kann ich nicht weiter um den heißen Brei herum reden.

«Ich fange welche.»

«Wie bitte?!», fragt sie und hat plötzlich ganz große Augen.

«Ich will Ammu Asshagh morgen begleiten.»

Sie sieht mich an und sagt kein Wort. Nach einer Weile nimmt sie ihr Strickzeug wieder auf und strickt energisch weiter.

«Natürlich. Das fehlte noch, dass ich dich in die Berge schicke. Nein.»

«Warum denn nicht?», frage ich enttäuscht.

«Darum nicht. Was willst du um Himmels willen in den Bergen?»

«Rebhühner fangen, was sonst?»

«Das ist nichts für dich», sagt sie schroff. «Das ist Männersache.»

«Bitte, lass mich mitgehen. Vielleicht fang ich ja auch welche!»

«Nein!»

Aber ich will mich einfach nicht geschlagen geben und bettle so lange, bis sie schließlich müde wird und nachgibt.

«Na schön», sagt sie laut. «Dann geh in Gottes Namen. Mal sehen, was du diesmal wieder anstellst.»

Mir wachsen vor Freude fast Flügel. «Danke, Mama, danke!» Ich springe auf und falle ihr um den Hals.

«Lass gut sein. Was soll die Schmuserei. Lass mich los.»

Ich nehme schnell die Laterne aus dem Regal.

«Wo willst du hin?»

«Zu Ammu Asshagh.» Und schon bin ich draußen.

Ammu Asshaghs Hund sitzt auf einem Stein mitten im Hof und bewacht das Tor. Als er mich sieht, starrt er mich erst an, dann steht er auf und knurrt.

«Erkennst du mich schon wieder nicht, dummer Hund?»

Jetzt schämt er sich, wedelt mit dem Schwanz, kommt auf mich zu, stubst mich an, schnuppert an mir. Ich schiebe ihn weg. «Ist ja gut, ich hab dich schon verstanden. Aus jetzt.»

Er bleibt an der Haustür sitzen und beobachtet mich, als ich ins Vorhaus gehe.

«Ja'allah! Ich bin's. Seid ihr zu Hause?»

«Komm nur rein!»

Ammu Asshagh ist mit der Petroleumlampe beschäftigt. «Setz dich doch», sagt seine Frau. Ich drehe den Docht meiner Laterne herunter und setze mich. Tante Nurdjahan gießt mir Tee ein.

«Na Djalal, was gibt's?», begrüßt mich Ammu Asshagh, während er Petroleum in die Lampe pumpt.

«Eigentlich ..., ehrlich gesagt, ich wollte dir etwas sagen.»

«Na dann mal raus mit der Sprache», sagt Ammu Asshagh, «ich bin ganz Ohr.» Jetzt bewegt er die Nadel hin und her, die die verstopfte Düse reinigt, und die Flamme wird abwechselnd klein und groß. Ich beobachte sie und sage: «Ich will morgen mit dir kommen.»

«Was willst du?» Er hebt den Kopf und sieht mich an.
«Ich will morgen mit dir in die Berge gehen», wiederhole ich, weniger überzeugt.
«Mit in die Berge? Wie stellst du dir das vor? Ja denkst du vielleicht, ich will einen Ausflug machen?»
«Ich weiß ja, warum du hingehst», sage ich leise.
«Und, was sonst noch?», fragt er und pumpt weiter.
«Dein Tee wird kalt», sagt Tante Nurdjahan.
Ich trinke ihn, obwohl ich keine Lust darauf habe. «Das heißt also, ich kann nicht mitkommen?»
«Schlag dir das aus dem Kopf», sagt er mit fester Stimme.
«Aber warum denn?»
«Da gibt's kein Warum. Das ist nichts für dich. Jeder soll das tun, wozu der Herr ihn geschaffen hat.»
Nichts zu machen, er lässt sich einfach nicht umstimmen. Enttäuscht stehe ich auf.
«Nun bleib doch noch ein bisschen», sagt Tante Nurdjahan.
«Nein danke, ich muss zurück nach Hause.»
Draußen im Hof bleibe ich kurz stehen. Der Mond steht direkt hinter den Pappeln und zeichnet ihre Schatten in den Schnee. Der Hund

kommt auf mich zu und will sich wieder einschmeicheln, aber er kriegt stattdessen einen kräftigen Tritt von mir. Er schaut mich an, als ob er wissen will, warum, und verzieht sich.

17

Vor lauter Angst, den Aufbruch zu verpassen, wache ich zu früh auf. Verschlafen bleibe ich einen Moment im Bett sitzen und schaue mich im Zimmer um. Mama und Sadaf schlafen noch mir gegenüber unter dem Korssi. Pt-pt-pt, im Wandregal flackert das Licht der Petroleumlampe vor sich her und macht Schattenspiele im Zimmer. Ich krieche aus dem Bett, gehe ans Fenster, klappe einen Fensterladen auf und schaue nach draußen. Stockfinster, noch mitten in der Nacht, kein Mond am Himmel. Ich weiß, dass die Bergsteiger früh im Morgengrauen aufbrechen, damit sie ankommen, noch bevor es allmählich wärmer wird. Trotzdem bleibt mir noch viel Zeit.
Ich ziehe mich an und lege mich aufs Bett. Langsam werden mir die Lider schwer … Ich springe

auf. Bloß nicht wieder einschlafen!
Am besten schaue ich über die Hofmauer und sehe nach, ob bei Ammu Asshagh schon Licht brennt. Draußen ist es so eisig kalt, dass ich am ganzen Körper zittere und beinahe von meinem Plan abkomme. Bei der Kälte ist es nirgends so gemütlich wie im Bett. Wer will denn jetzt in die Berge gehen? Die Rebhühner können mir gestohlen bleiben.
Aber gleich besinne ich mich wieder: du Faulpelz. Willst du wirklich so schnell aufgeben?
Die Hofmauer ist eiskalt. Ich ziehe mich an ihr hoch und kann sehen, dass bei Ammu Asshagh Licht brennt. Er ist also wach. Schön. Dann macht er sich sicher auch bald auf den Weg. Ich warte hier. Und endlich höre ich die Haustür quietschen, Ammu Asshagh kommt nach draußen. Er hustet. Im Türrahmen kann ich Tante Nurdjahans Schatten erkennen. Ammu Asshagh verabschiedet sich: «Also, ich geh dann.»
Er geht aus dem Hof, pafft seine Zigarette und knöpft dabei seinen Mantel zu.

Ich springe von der Mauer. Jetzt muss ich warten, bis Ammu Asshagh um die Ecke gebogen und an unserem Haus vorbeigegangen ist. Dann kann ich mich auch auf den Weg machen. Ich bin schrecklich aufgeregt.

Ob ich das durchhalte? Ob ich ihm wohl bis zu den Bergen auf den Fersen bleiben kann, ohne dass er mich entdeckt?
Als er zum Dorfplatz abbiegt, mache ich leise das Hoftor hinter mir zu und gehe los.
Krtsch-krtsch-krtsch, der Schnee ist über Nacht gefroren und knirscht unter meinen Sohlen. Ich komme aus unserer Straße und kann Ammu Asshagh sehen. Er ist eben an der Quelle vorbeigegangen und biegt in die Straße an der Moschee ein. Ich bleibe hinter ihm, halte größeren Abstand.
Kaum haben wir das Dorf hinter uns gelassen, kann ich schon die Felsen sehen, die wir das ‹Niemandsland› nennen. Falls Ammu Asshagh sich umdreht, ducke ich mich einfach schnell hinter einem von ihnen.
Weit und breit liegt alles unter einer dicken Schneedecke und es ist völlig still. So still, dass man sich ganz einsam und verlassen vorkommt. Am liebsten würde ich neben Ammu Asshagh hergehen. Aber kann ich mich ihm nähern? Wenn du mich siehst, wunderst du dich bestimmt: Wo kommt der denn plötzlich her?

Während wir weiter so vor uns hin stapfen, schaue ich ein ums andere Mal zu Ammu Asshagh, dann wieder betrachte ich meine Umgebung. Plötzlich ein Riesenschreck! Ammu Asshagh ist weg! Wie vom Erdboden verschluckt!

Eben ist er doch noch vor mir hergelaufen. Ich bleibe stehen. Was mach ich jetzt? Wo ist er plötzlich hin?

Ich schaue hierhin und dorthin. Keine Spur von ihm. So ein Mist. Warum war ich nur so unaufmerksam? Jetzt weiß ich auch nicht mehr, wie ich meinen Abstand zu ihm bestimmen soll. Wenn ich ihm zu nahe komme, entdeckt er mich. Sicher versperrt mir einer dieser Felsen die Sicht. Wer weiß, vielleicht geht es dort vorne ja auch bergab und ich kann ihn deshalb nicht sehen? Nur gut, dass er Fußspuren hinterlässt. Wenn ich denen folge, finde ich ihn leicht. Also konzentriere ich mich auf seine Spuren und gehe schneller. Ich darf auf keinen Fall zurückbleiben!

Nach kurzer Zeit stehe ich vor einem riesigen Felsbrocken. Hier ist Ammu Asshagh auch vorbeigekommen. Ich will weitergehen, da sagt hinter mir plötzlich eine Stimme: «Na du Wiesel! Wohin so eilig?»

Ich bleibe wie versteinert stehen, drehe mich um, schaue erst Ammu Asshagh an, dann die Fußspuren, die einmal um den Fels herumführen.

«Na was ist?», fragt Ammu Asshagh und grinst

schadenfoh. «Was schaust du so angestrengt auf den Boden? Hast du was verloren?»
«Nein», antworte ich kleinlaut.
Das Einzige, was ich verloren habe, ist meine Fassung.
«Wieso schnüffelst du dann herum wie ein Hund, der eine Fährte verfolgt?»
«Einfach so.»
«So so, einfach so.» Er lacht.
Ich sage kein Wort. Er nimmt seine Tabakdose aus der Manteltasche und dreht sich in aller Ruhe eine Zigarette, zündet sie an und behält mich dabei im Auge. Er sieht aus wie immer. Ruhig und gedankenschwer. Ich kann ihm nicht ansehen, ob er böse ist.
Er zieht an seiner Zigarette und atmet den Rauch aus, als er sagt: «Raus damit. Oder hat's dir plötzlich die Sprache verschlagen?»
«Was soll ich denn sagen?»
«Erzähl ruhig, was für ein schlaues Kerlchen du bist. Das hast du dir doch eingeredet, oder etwa nicht?»
«Nein, Ammu Asshagh, wann hätt' ich denn ...»
Er lässt mich nicht zu Ende sprechen.
«Eingeredet oder nicht. Jedenfalls hast du dir gedacht, der alte Ammu Asshagh ist ja auch nicht mehr der Jüngste und schwerhörig ist er be-

stimmt auch. Ich verfolge ihn einfach heimlich bis in die Berge und lache mir den ganzen Weg über ins Fäustchen.»

Er zieht kräftig an seiner Zigarette.

«Aber eines hast du wohl nicht bedacht dabei: Wenn dieser Mann wirklich so dumm ist und nicht merkt, dass ihn jemand vom Dorf bis in die Berge verfolgt, müsste er doch schon zehnmal tot sein und wäre nie im Leben so alt geworden, wie er ist.»

«Nein, Ammu Asshagh», antworte ich schnell, «ich schwör dir bei Gott, das hab ich nicht gedacht.»

«Nein? Was hast du denn gedacht? Lass mal hören?»

Ich senke meinen Kopf und sage keinen Ton.

Er lehnt sich an den Felsen.

«Warte, bis ich wieder im Dorf bin. Dann kriegst du deine Abreibung. Du gehst jetzt zurück nach Hause. Und wehe dir, wenn ich merke, dass du weiter hinter mir herschleichst! Dann leg ich dich übers Knie! Lass dir das gesagt sein!»

Er hustet und schaut hoch zu den steilen, schneebedeckten Hängen. Meine Füße kribbeln schon vor Kälte und ich trete von einem Bein aufs andere.

«Hast du nicht gehört, was ich gesagt habe?»
«Doch.»

«Und, worauf wartest du noch. Los jetzt!»
«Gut, ich geh ja schon.»
«Und ich gehe jetzt weiter», sagt er und schlägt den Mantelkragen hoch. «Das Wetter wird bald schlechter, ich muss mich beeilen.»

Nach ein paar Schritten dreht er sich zu mir um, dann noch ein paar Schritte, und wieder schaut er zurück. Irgendwann schaut er nicht mehr zurück und ist ganz weit weg. Wie ungeschickt von mir! Sicher hat er mich nur bemerkt, weil ich ein einziges Mal nicht aufgepasst habe. Zu dumm, dass ich jetzt umkehren muss. Aber meine Beine wollen einfach nicht. Heute Morgen in aller Herrgottsfrühe aufgestanden, habe ich's bis hierher geschafft, und jetzt …? Ich beiße vor Wut und Enttäuschung die Zähne zusammen und werfe einen Schneeball den Abhang runter. Er rollt bergab und rollt und wird größer, bis er irgendwo liegen bleibt.
Als ich ein letztes Mal zu den Bergen schaue, sehe ich Ammu Asshagh, der mich von einem Felsvorsprung aus beobachtet. Sicher will er sehen, ob ich wirklich ins Dorf zurückgehe. Hat er Angst, ich könnte doch wieder hinter ihm herkommen? Ich schaue ihn kurz an. Dann mache ich mich langsam auf den Heimweg. Das Dorf im Tal un-

ter uns liegt im Schnee wie ein schwarzer Fleck.
«A-haaay!!»
Ich drehe mich um. Ammu Asshagh steht immer noch da.
Was will er denn jetzt noch?
Und wieder ruft er. «Komm mal heeer!!»
Sicher hat er einen Auftrag für mich. Oder er will mir die Ohren lang ziehen, weil ich trödele. Ich bin so wütend auf ihn, dass ich am liebsten nicht zu ihm gehen würde. Aber er schaut so streng, dass mir gar nichts anderes übrig bleibt. Außerdem kann ich ihm auch nicht ewig davonlaufen. Spätestens wenn er wieder im Dorf ist, wird er's mir heimzahlen.
Also stapfe ich ohne Begeisterung durch den Schnee zu ihm. Er beobachtet mich schweigend. Schließlich stehe ich vor ihm und warte wortlos auf das, was er mir zu sagen hat.
Er betrachtet mich eine Weile. Dann sagt er: «Du kannst mitkommen. Aber wenn du unterwegs müde wirst oder vor Kälte nicht weiter kannst ..., ich schwör dir, so wahr die Sonne scheint, dann lass ich dich hier, den Wölfen zum Fraß.»
«Juhu, Ammu Asshagh!» Ich mache einen Luftsprung vor Freude. «Einverstanden!»
Er schmunzelt, dreht aber sein Gesicht schnell zur Seite, weil ich es nicht merken soll.

18

Der Himmel ist bewölkt und düster. Der Nebel über dem Berggipfel zieht zu uns herunter und hüllt langsam alles ein. Plötzlich schneidet mir ein eiskalter Wind ins Gesicht. Unter meiner Mütze sind meine Ohren fast gefroren. Am liebsten würde ich sie jetzt warm rubbeln. Aber Ammu Asshagh darf mir nicht anmerken, dass mir kalt ist. Inzwischen stehen wir vor einem steilen Hang, wir müssen auf allen Vieren weiterklettern.
«Heute wird es auch wieder schneien», sagt Ammu Asshagh.
Mir bleibt beim Laufen und Klettern langsam die Luft weg. Immer mehr Felsen, die immer größer werden, und wir müssen entweder darum herum oder darüber klettern. Ammu Asshagh beobachtet mich aus den Augenwinkeln.
«Du bist doch nicht müde?»
«Müde? Nein, überhaupt nicht!»
Er schaut den Nebel an, der uns immer näher kommt, und rückt seinen großen schwarzen Hut zurecht. Wir klettern weiter und erreichen eine Hochebene. Im Sommer treiben die Nomaden ihre Tiere hierher auf die Weide. Von weitem kann man einen schwarzen Fleck im Schnee erkennen.

«Dort drüben liegt Kehlik Bulaghi. Du hast doch keinen Durst, oder?»
«Nein.»
«Gut, dann lass uns hier entlanggehen, in Richtung Ghezel Ghieh. Da gibt es viele Rebhühner. Es wäre schön, wenn wir dort an dem Steilhang ein paar auftreiben könnten.»
Jetzt ist das Gebirge stumm und still und kalt. Man kann sich gar nicht vorstellen, dass der Schnee eines Tages schmilzt, dass Leute hier ihr Sommerlager aufschlagen und alles mit Lärm und Leben erfüllt ist, dass leckere Pilze wachsen und viele schöne Blumen, dass die Berge sich in ein Paradies verwandeln. Gleich hinter der Sommerweide der *Schahseven* treffen wir auf eine Fußspur. Ich bücke mich und will sie näher untersuchen. Noch nie im Leben habe ich so eine Fußspur gesehen! Ammu Asshagh ist schon vorausgegangen.
«Lass gut sein und komm!», ruft er. «Das war ein Bär!»
Mir wird mulmig. «Ein Bär?»
«Ja. Aber sie ist alt.»
«Und wie alt ist sie?», will ich wissen, als ich ihn eingeholt habe.
«Sie stammt entweder von gestern Nachmittag oder von gestern Abend.»

Ich will ihn gerade noch etwas fragen, da zeigt er mir schon eine andere Fußspur.
«Schau, hier. Sie können nicht weit sein.»
Drei oder vier Paar Spuren sind im Schnee zu sehen. Sie kommen aus dem Tal, führen an uns vorbei, hinauf zum Ghezel Ghieh.
«Sind das alles Rebhuhnspuren?»
«Ja, alle», sagt er und freut sich.
«Und was machen wir jetzt?»
«Wir folgen ihnen. Hoffentlich sind sie nicht schon wieder weg.»
Wir gehen langsam weiter. Über uns zieht mit wenigen Flügelschlägen ein Adler hinweg. Während ich ihm noch nachschaue, höre ich einen Vogelschrei.
«Das ist der Revierschrei der Rebhühner», erklärt Ammu Asshagh. «Kirreck-kjerrick!»
Ich höre ihn zum ersten Mal. «Aha, so hört sich also ein Rebhuhn an.»
«Komm, schnell, sie rufen uns schon.»
Die Spuren machen einen Bogen. Wir folgen ihnen, in Richtung Ghezel Ghieh.
«Möglichst keinen Lärm machen», flüstert Ammu Asshagh.

An einem Schlehdorn, von dem nur die Spitze noch aus dem Schnee hervorlugt, bleiben wir stehen. Hier haben die Rebhühner wohl eine Weile im Schnee gewühlt.

Wir gehen weiter und erreichen bald einen großen Felsen. Ammu Asshagh zieht mich am Arm und zeigt hinter den Steinbrocken. Ich recke den Hals. Tatsächlich, jetzt sehe ich sie auch. Zwei wohlgenährte Rebhühner mit braunem Gefieder und rostrot gefleckten Flanken. Sie ducken sich in den Schnee, starr vor Kälte, mit dem Rücken zu uns. Ihre Köpfe sind nicht zu sehen. Ob die wohl im Schnee stecken?

«Wir haben Glück», flüstert Ammu Asshagh. «Das sind zwei von der größten Sorte.» Er knöpft seinen Mantel auf und zieht etwas darunter hervor.

«Was ist das denn, Ammu Asshagh?»

«Ein Stück Netz, das können wir gleich gut gebrauchen.»

Er breitet das Netz zwischen beiden Armen aus und schleicht sich an.

«Komm du von der Seite», sagt er leise. «Wenn sie wegfliegen wollen, werfe ich das Netz.»

Ich klettere ein Stück abwärts. Wir schleichen uns von zwei Seiten an. Ohne dass wir es vorher abgesprochen haben, ist klar, dass ich das Rebhuhn fangen muss, das weiter unten sitzt. Ich halte den Atem an. Wir sind schon ganz dicht dran, ich will mich eben zum Sprung bereitmachen … Und dann, ich weiß auch nicht warum, ziehen die Rebhühner einfach ihre Köpfe aus dem Schnee und schschhh-schhh ...

Ammu Asshagh wirft sein Netz, ein Rebhuhn verfängt sich, zappelt und schlägt wild mit den Flügeln. Das andere rappelt sich auf und flattert davon, hoch zum Ghezel Ghieh.

«Soll dich der ...», schimpft Ammu Asshagh leise und stöhnt. Er liegt am Boden und schaut dem Rebhuhn nach.

Das sitzt jetzt ganz am Rand des Steilhangs. Ammu Asshagh ballt eine Faust und schlägt sich damit vor Zorn in die andere Hand. Dann erst sieht er sich das Rebhuhn an, das ihm ins Netz gegangen ist. Es hat orangefarbene Beine, die Augen vor Angst weit aufgerissen, und schlägt noch immer mit den Flügeln. Ammu Asshagh befreit es aus dem Netz und drückt es mir in die Hand.

«Gut festhalten», sagt er und schaut hoch zum Hang. «Ich suche das andere. Es kann noch nicht weit sein.»

Während ich die eiskalten Beine des Rebhuhns fest in der Hand halte, klettert Ammu Asshagh auf den Rand des Steilhangs zu.

«Ich versuche mich von hinten anzuschleichen. Du lass den Hang nicht aus den Augen. Wenn du siehst, dass es davonfliegen will, gibst du mir ein Zeichen!»

«Ja, gut.»
Er wirft sich sein Netz über die Schulter und läuft gebückt, damit das Tier ihn nicht sieht. Ich gehe langsam ein paar Schritte abwärts und halte dabei das Rebhuhn fest. Jetzt kann man unterhalb des Hangs eine Plattform erkennen, völlig zugeschneit. Sie sieht fast aus wie ein Hufeisen. Während ich noch nach unten schaue, ist Ammu Asshagh über mir auf allen Vieren oben am Rand des Abhangs angekommen. Die Zeit vergeht schrecklich langsam. Noch hat sich das Rebhuhn nicht vom Fleck gerührt. Ammu Asshagh wirft bestimmt gleich sein Netz.

Auf dem Gipfel über dem Steilhang schlägt das Wetter schnell um und hüllt alles in dichten Nebel. Und plötzlich beschleicht mich ein ungutes Gefühl. Ammu Asshagh soll sich beeilen, damit wir bald umkehren können.
Inzwischen hat das Rebhuhn die Gefahr bemerkt und tippelt an den äußersten Rand des Abhangs. Dort liegt etwa ein Meter Schnee, der sich nach vorne geschoben hat und über den Rand hängt. Das sieht aus, als hätte der Ghezel Ghieh eine Mütze auf. Und genau auf ihrem Schirm hat sich das Rebhuhn niedergelassen und schaut wachsam in die Gegend.

Ammu Asshagh setzt zum Sprung an. Auf einmal hat das ganze Gebirge Augen und starrt ihn an. Das Netz fliegt durch die Luft ... und verfehlt das Rebhuhn, denn plötzlich bricht der Schnee unter dem Tier weg und es fliegt davon. Die Stirn unter der Schneemütze hat einen Spalt bekommen.
«Achtuuung, Ammu Asshagh! Lawine! Eine Lawiiine! Ammu Ass-haaagh!»
Zu spät! Jetzt bricht sogar noch mehr Schnee weg. Ammu Asshagh hat zwar die Gefahr bemerkt, aber er kann nicht rechtzeitig ausweichen. Mein Schrei, sein Schrei und der Lärm der Lawine werden eins. Ich sehe noch, wie ein gewaltiger Schneeberg abstürzt und Ammu Asshagh mit sich reißt. Und dann ist Ammu Asshagh plötzlich nicht mehr zu sehen, nur noch kleine Schneeflocken, die durch die Luft wirbeln.

Mein Gott, was soll ich jetzt bloß machen? Ich renne in Richtung Abhang. Immer noch rutscht langsam Schnee ab, trifft unten auf die Steine und zerfällt. Ich bin starr vor Schreck und kann kaum fassen, was passiert ist. Plötzlich ist es unerträglich still geworden, nicht auszuhalten! Also schreie ich, so laut ich kann:
«Ammu Ass-hagh!! Ammu Ass-haaagh!!»
Ein Echo antwortet mir. Und von den Hängen

gegenüber rutscht jetzt auch Schnee ab. Ich rufe wieder und suche mit den Augen die Schneemassen ab. Von Ammu Asshagh keine Spur. Mir bleibt fast das Herz stehen. Ich muss dort unten hin. Ich rutsche und falle den Hang hinunter und krieche bis an den Rand der Plattform, die, bedeckt mit einer dicken Schneeschicht, auf mich wartet. Aufgeschreckt laufe ich hin und her, grabe im Schnee, suche die Gegend mit den Augen ab. Völlig sinnlos. Ich finde nichts.

Noch ein Schneebrett stürzt ab und schlägt gegen die rötlich-schwarze Felswand, wie Wasser, das in einem Schwall abstürzt und zerstiebt. Dann höre ich wieder ein Geräusch, wie ein Grollen oder vielleicht ein Stein, der irgendwo hinunterrollt. Wenn das so weitergeht, werde ich verrückt!

«A-mu Asshagh, wo bist duuuu?! A-mu Asshaaagh, wo bist du?! Wo bist duuuu?!»

Das Echo wiederholt meine Rufe und bringt sie zu mir zurück. Als ob der Berg selbst mich ruft.

«... bist duu? Wo bist duu?»

Rufen ist sinnlos, also falle ich auf die Knie und fange an, ziellos hier und da im Schnee zu graben. So lange, bis meine Hände erst vor Kälte kribbeln, dann eiskalt werden, dann rot und schließlich warm. Aber immer noch keine Spur von Ammu Asshagh. Ist er überhaupt je hier gewesen?

Inzwischen hängt der Nebel noch tiefer und wartet nur darauf, mich auch zu verschlingen. Vor lauter Angst grabe ich schneller. Aber bald muss ich einsehen, dass es wirklich keinen Sinn hat. Deshalb stehe ich auf und gehe einfach auf und ab. Da! Eine harte Stelle unter meinen Füßen! Ich trete fest auf. Da unten ist irgendwas, ganz bestimmt. Ich grabe wieder. Es dauert gar nicht lange und ein Stück von Ammu Asshaghs Mantel schaut aus dem Schnee. Wie besessen schaufle ich den Schnee beiseite. Ammu Asshagh liegt reglos auf dem Rücken. Ich fasse ihn an der Schulter.
«Ammu Asshagh! Ammu Asshagh!»
Er rührt sich nicht. Also schlinge ich meine Arme um seinen Oberkörper und ziehe ihn aus dem Schnee, mit aller Kraft, Zentimeter für Zentimeter, und drehe seinen Kopf so, dass er den Himmel sehen kann.
«Ammu Asshagh!»
Ich wische ihm den Schnee aus dem Gesicht, lege mein Ohr auf seine Brust. Sein Herz schlägt, er lebt, Gott sei Dank! Ich fange an, seine Arme und Beine zu massieren.
«Ammu Asshagh, Ammu Asshagh, hörst du mich?»
Er atmet ganz ruhig. Sein Körper ist eiskalt. Jetzt massiere ich seinen Hals und seine Schultern. Nach ein paar Minuten bekommt sein Gesicht

ganz allmählich wieder Farbe und er schlägt langsam die Augen auf. Erst schaut er den Himmel an, nachdenklich, und dann will er schnell aufstehen, fällt aber sofort wieder hin.

«Hast du Schmerzen, Ammu Asshagh?»

«Was? Nein, es geht schon. Nur meine Brust ist ein bisschen ... Sag mal, was ist überhaupt passiert?»

«Du bist abgestürzt, Ammu Asshagh», antworte ich ihm leise.

«Abgestürzt? Und jetzt, ist es etwa schon Abend?»

«Nein, bloß neblig.»

Ich helfe ihm, sich aufzusetzen. Er schaut hoch zum Steilhang und jetzt stehen ihm sogar Schweißperlen auf der Stirn. Ich schüttele den Schnee aus seinem Hut neben ihm und setze ihn auf seinen Kopf.

«Geht's wieder?»

«Ja, jetzt geht's mir schon besser.»

«Kannst du laufen?»

Er schaut um sich: «Wenn ich meinen Stiefel finde.»

Jetzt erst merke ich, dass er seinen rechten Stiefel nicht mehr anhat und mache mich auf die Suche. Ich kann ihn aber nirgends finden.

«Lass gut sein», sagt er. «Wir müssen uns auf den Rückweg machen.»

«Ohne Stiefel?»
«Es bleibt mir nichts anderes übrig.»
«Schaffst du das denn?»
«Ich will's versuchen.»
Er richtet sich auf. Ich will ihm helfen, aber er wehrt ab. «Das mach ich schon alleine.»
Als er steht, sieht er die Grube im Schnee. «War ich etwa unter dem Schnee begraben?»
«Ja.»
«Und du hast mich da rausgezogen?»
«Ja.»
Er sieht mich schweigend an.
«Lass uns jetzt lieber gehen», sage ich.
Mitten im Satz bemerke ich an der Felswand etwas und laufe hin. Ich dachte, es ist der Stiefel, aber da guckt bloß ein Stück Netz aus dem Schnee. Ich ziehe es heraus.
«Da bin ich wohl selbst reingefallen», meint Ammu Asshagh, wieder ganz der Alte.
Wir machen uns auf den Rückweg. Der Fuß ohne Stiefel sinkt tiefer im Schnee ein als der andere, und das Laufen fällt Ammu Asshagh schwer.
«Das war vielleicht ein Tag heute! Wie sollen wir uns jetzt nur wieder ins Dorf trauen? Sag mal, was ist eigentlich mit den Rebhühnern?»
«Die sind uns entwischt.»

«Deines auch?»
«Ja. Ich weiß nicht mal mehr, wann ich's losgelassen habe.»
«Macht nichts. Wir haben bekommen, was wir brauchen.»
Erst ringt er sich ein Lächeln ab, dann wird er wieder ernst.

Der Nebel ist inzwischen noch dichter geworden und wir können nur vierzig oder fünfzig Schritte weit sehen.
«Ganz schön neblig geworden, Ammu Asshagh.»
«So ist das eben in den Bergen. Völlig unberechenbar.»
Wir nehmen den Weg über Kehlik Bulaghi. Hier sprudelt Wasser aus dem Boden, hat sich ein Bett gegraben, fließt weiter und verschwindet nach wenigen Metern unter dem Schnee.
Jetzt weht auch wieder dieser eiskalte Wind und wir zittern beide. Ammu Asshagh hinkt sehr stark, er zieht sein rechtes Bein nach. Ich greife ihm unter den Arm.
«Tut dir dein Bein sehr weh?»
«Nein», sagt er und stützt sich mit seinem ganzen Gewicht auf mich. «Ich habe nur das Gefühl, dass es nicht mir gehört.»
Ich schaue ihn ungläubig an: «Erfroren?»

Er antwortet mir nicht. Nachdem wir eine Weile gegangen sind, frage ich ihn:
«Willst du meine Wollstrümpfe haben?»
«Die passen mir doch gar nicht.»
«Vielleicht meine Mütze. Die könntest du statt der Strümpfe um deinen Fuß wickeln.»
«Das hält doch nicht», wehrt er ab und schmunzelt.
«Was würdest du denn ohne deine Mütze machen?»
So gehen wir weiter und immer weiter, bis wir einen großen Felsen erreichen. Ammu Asshagh lehnt sich an, wickelt das Band um seinen dicken Wollstrumpf auf und schiebt den Strumpf nach unten. Sein Bein ist ganz gelb und rot geworden.
«Dein Bein ist ja geschwollen!»
«Ich weiß.»
«Willst du's massieren?»
«Dazu ist es jetzt zu spät», sagt er und schaut auf den Weg, der noch vor uns liegt.

19

Gerade als ich mit den Aufgaben fertig bin, kommt Mama von einem Besuch bei Ammu Asshagh zurück.
«Wie geht's ihm?»
«Besser. Tante Nurdjahan hat sein Bein eben wieder mit Eigelb eingerieben. In ein, zwei Tagen wird er wieder laufen können.»
Ich stehe auf und räume meine Schulsachen weg. Mama schaut mir dabei zu. Als sich unsere Blicke treffen, lächelt sie. «Ammu Asshagh hat mir alles erzählt.»
«Was denn alles?»
«Wie du ihm das Leben gerettet hast.»
Ich lächle auch. «Er hat sicher nur Spaß gemacht.»
Ich schicke mich an, nach draußen zu gehen.
«Wohin gehst du?», fragt Mama.
«Zu Ildar. Muss was mit ihm besprechen.»
«Na schön, geh nur. Aber wenn du wiederkommst, kannst du etwas Futter klein schneiden. Ich hab noch anderes zu tun.»
Ich schaue sie an und bin sprachlos ...

Im Winter 1992

Worterklärungen

Abdji Bozorg
Große Schwester

Abguscht
Eine Art herzhafter Eintopf aus Gemüse und Fleisch. Für ärmere Leute ein besonderes Essen, weil es reichlich Fleisch enthält. Oft wird die Flüssigkeit mit Brot zur Vorspeise. Dann werden Fleisch und Gemüse zerstoßen und als Hauptspeise gegessen.

Ammu
Der Bruder des Vaters oder «Vaterbruder». Neben ihm gibt es den Bruder der Mutter oder «Mutterbruder»: «Da'i». Anders als im Persischen machen wir im Deutschen diesen Unterschied nicht und nennen beide Verwandte «Onkel».

Besch Dasch
Wörtlich «Fünf Steine». Der Name einer Gruppe von fünf Felsen an der Schlucht, die Djalal durchquert, um in sein Heimatdorf zu gelangen.
Auch der Name eines Spiels, das mit fünf kleinen Steinen gespielt wird und bei dem es auf Schnel-

ligkeit und Fingerfertigkeit ankommt: Die Steine liegen beliebig angeordnet auf dem Boden. Man wirft einen Stein in die Luft und nimmt dann schnell einen der vier Steine auf, die noch am Boden liegen, ohne die anderen dabei zu berühren. Mit derselben Hand fängt man nun den Stein, der noch in der Luft ist, und legt ihn dann zur Seite. Dieser Vorgang wird so lange wiederholt, bis alle Steine einmal bewegt wurden.

Im zweiten und dritten Durchgang wird das Spiel schwieriger. Nun wird ein Stein hochgeworfen, aber gleichzeitig müssen zwei, drei und vier Steine aufgenommen werden, bevor man den Wurfstein fängt. Das Spiel hat viele spannende Variationen und wird auch in manchen Ländern Asiens, Afrikas und Lateinamerikas gespielt.

Dadeh Kischi
«Dadeh» bedeutet Großvater, «Kisch» ist eine Stadt im Süden des Iran. Als «Kischi» wird jemand bezeichnet, der aus dieser Stadt stammt oder dort lange gelebt hat.

Djadjim
Gewebte raue Decke, mehrfarbig gestreift. Sie wird auch als Wandbehang oder Teppich verwendet.

Ghaschgha
Blesse. Wie im Deutschen bezeichnet das Wort den weißen Stirnfleck bei Tieren, besonders bei Pferden und Kühen, aber auch das Tier selbst, das eine Blesse hat.

Hadj
Titel einer Person, die eine Pilgerfahrt in die heilige Stadt Mekka in Saudi-Arabien gemacht hat. Mekka ist die Geburtsstadt des Propheten Mohammed. Jeder gläubige Moslem hat das Ziel, wenigstens einmal im Leben nach Mekka zu pilgern.

Halwa
Eine Süßspeise aus Mehl, Fett, Zucker, Safran und Rosenwasser. Sie wird zu besonderen Anlässen, auch bei Beerdigungen, gegessen. So ist der Tod eines Menschen für Kinder nicht nur mit traurigen Gedanken verbunden.

Hakim
Hier: Arzt, Doktor. Das Wort bedeutet auch Weiser, Philosoph, Gelehrter.

Khaleh
Schwester der Mutter, «Mutterschwester». Neben ihr gibt es «Ammeh», die Schwester des Vaters

oder «Vaterschwester», während wir zu beiden Verwandten «Tante» sagen.

Khalikuti
Auch «Kehlikuti»; ein wohlriechendes, essbares Kraut, aus dem auch Tee zubereitet wird.

Korssi
In vielen Häusern die einzige Heizvorrichtung. Über einen niedrigen Tisch wird eine Decke gebreitet. Unter dem Tisch steht ein Kohlebecken mit glühenden Kohlen, an dem man sich die Füße wärmt. Wer es besonders warm mag, legt sich ganz unter den Tisch.

Lawasch
Dünnes Fladenbrot, das an der Innenwand des gewölbten Steinofens gebacken wird.

Luzerne
Eine Futterpflanze, dreiblättrig, mit violetten, blauen oder gelben Blüten, ähnlich dem Klee. Sie stammt aus dem Orient, wird aber bei uns sehr häufig angebaut.

Masch
Titel desjenigen, der eine Reise in die heilige

Stadt Maschad gemacht hat, zum Grabmal des 8. Imam der schiitischen Moslems. Das Wort wird auch – leicht abgewandelt – als höfliche oder unhöfliche Anrede «Herr» (Maschadi) oder «He, du» (Maschti) verwendet.

Pandjewisch
Länglich-ovales Fladenbrot, nicht so dünn wie «Lawasch» und meist mit Sesamkörnern bestreut.

Sabalan
Nach diesem Gipfel ist das Sabalan-Gebirge (4814 m) in Aserbaidschan, im Nordwesten des Iran, benannt.

Schahseven
Ein türkisches Hirtenvolk in Aserbaidschan. Die Hirten ziehen während der heißen Sommer aus den Tälern in die kühleren Hochebenen des Sabalan-Gebirges. Dort lassen sie ihre Tiere auf der Sommerweide weiden. Vor dem Beginn des harten Winters ziehen sie zurück in die Täler.

Sutlutikan
Eine Pflanze, von der manche Menschen annehmen, dass ihr milchiger Saft gegen Magenbeschwerden hilft.

Tark
Ähnlich wie Halwa. Eine Süßspeise aus Reismehl, Fett, Zucker und Gelbwurz.

Nachwort

Mohammad Reza Bayrami kam 1965 in einem kleinen Dorf im Sabalan-Gebirge in Aserbaidschan im Nordwesten des Iran zur Welt. Dort blieb er bis zu seinem achten Lebensjahr und zog dann mit Mutter und Geschwistern in die Hauptstadt Teheran.

Die vorliegende Erzählung ist der erste von drei Bänden, die als Trilogie unter dem Titel «Geschichten aus dem Sabalan» herausgekommen sind.

Wie Djalal wuchs auch Mohammad Reza Bayrami im Dorf auf. Er verlor sehr früh seinen Vater und fünf Geschwister. Sie starben, weil kein Arzt in der Nähe war und das Geld für eine Behandlung fehlte, an verhältnismäßig harmlosen Krankheiten.

Bayrami schreibt, dass auch er – wie Djalal – schon als kleiner Junge für das Pferd und die Schafe sorgen musste. Zum Glück hatte er einen älteren Bruder, mit dem er die Verantwortung für diese Aufgaben teilen konnte. Die Schafe waren die wichtigste Versorgungsquelle der Familie. Sie lieferten Milch, Wolle und Fleisch. Darum war es oberstes Gebot, die Stalltür stets gut zu verriegeln.

Die Familie Bayrami hatte erlebt, wie eines Nachts Viehdiebe alle Schafe stahlen. Obwohl die Mutter sofort Alarm geschlagen hatte, blieb die Herde wie vom Erdboden verschluckt.
Darum beschlossen die Bayramis später, nach Teheran zu ziehen, wo sie hofften, ihren Lebensunterhalt weniger mühevoll zu verdienen. Mohammad Reza ging damals in die zweite Klasse. In Teheran wurde sein Schulweg viel kürzer und weniger beschwerlich als im Dorf. Und noch ein anderer Vorteil ergab sich für den Jungen: Er entdeckte die Bücher und konnte nach Herzenslust lesen. Im Dorf hatte er außer den Schulbüchern nur ein einziges Buch besessen, ein Geschenk seines Lehrers, das er immer wieder las.
Unter den Kinder- und Jugendbüchern, die er in Teheran kennen lernte, gefielen ihm jene von Astrid Lindgren besonders gut, sagt er heute und bedauert, dass es in der iranischen Jugendliteratur nur wenige so schöne Bücher gebe. Vielleicht ist das mit ein Grund dafür, dass er sich an Kinder und Jugendliche richtet, wenn er heute schreibt.
Zu schreiben begann er allerdings gegen Ende der achtziger Jahre zunächst vor allem für ein erwachsenes Publikum. Er schilderte unter anderem seine bedrückenden Erlebnisse als Soldat im Krieg zwischen Irak und Iran. Seit einigen Jahren

schreibt Bayrami beinahe ausschließlich Kinder- und Jugendbücher und arbeitet für iranische Jugendzeitschriften, um junge Leser und Leserinnen zu gewinnen. Einige seiner Bücher sind im Iran ausgezeichnet worden. Aus eigener Erfahrung weiß er, dass es viele spannende Freizeitbeschäftigungen gibt, auch ohne Bücher. Aber er möchte zeigen, dass Geschichtenlesen mehr ist als bloßer Zeitvertreib. Für ihn bauen Bücher Brücken zwischen den Lesern und Leserinnen und dem Leben. «Durch Bücher erfährt man», so schreibt er, «was andere Menschen bewegt. Man entdeckt, dass man mit den eigenen Sorgen nicht alleine dasteht. Und plötzlich fühlt man sich stark und wertvoll. Geschichten sind wie Farben. Wer nie eine Geschichte gelesen hat, dem bleibt die Vielfalt der Farben verborgen.»

Jutta Himmelreich
Juli 1999

 BEREITS ERSCHIENEN

YUMOTO KAZUMI
GESPENSTERSCHATTEN
Aus dem Japanischen von Yoko Koyama-Siebert
180 Seiten, ab 9 Jahren

Wie ist es wohl, wenn man stirbt?, fragen sich Kiyama, Yamashita und Kawabe nach dem Tod von Yamashitas Großmutter. Sie beginnen sich für einen alten, allein stehenden Mann aus der Nachbarschaft zu interessieren und spionieren ihm heimlich nach. Als der kauzige Alte die Jungen bemerkt, reagiert er zunächst misstrauisch. Nur allmählich gewinnen sie sein Vertrauen. Eine ungewöhnliche Freundschaft entsteht.

Ein spannender, pfiffiger, aber auch nachdenklich stimmender Kinderroman aus dem heutigen Japan.

Preise und Auszeichnungen:
Nominierung für den Deutschen Jugendliteraturpreis
Kinderbuch des Monats
Die Besten 7

 BEREITS ERSCHIENEN

MAHMUT BAKSI/ELIN CLASON
IN DER NACHT ÜBER DIE BERGE
Aus dem Schwedischen von Christine Holliger
132 Seiten, ab 12 Jahren

Eines Nachts klopft es an der Tür. Es ist Onkel Temo. «Wir müssen weg», flüstert er. Hêlîns Mutter packt schnell einige Kleider zusammen, dann verlassen sie das Haus.
Die Flucht über die Berge ist anstrengend. Hêlîn und ihre Geschwister sind müde, ihre Füße sind geschwollen und tun bei jedem Schritt weh. Aber sie dürfen nicht ausruhen, das wäre zu gefährlich.

Ein authentischer und spannender Roman über das Leben einer kurdischen Familie und ihre dramatische Flucht.

Preise und Auszeichnungen:
Österreichischer Kinder- und Jugendbuchpreis
Die Besten 7
Blaue Brillenschlange

 EIN FENSTER ZUR WELT

BAOBAB Kinder- und Jugendbücher aus Afrika, Asien und Lateinamerika. Herausgegeben vom Kinderbuchfonds Baobab der Erklärung von Bern und terre des hommes schweiz.

BAOBAB heißt der Affenbrotbaum, in dessen Schatten sich die Menschen Geschichten erzählen. BAOBAB heißt die Buchreihe, in der Erzählungen und Märchen, Kindergeschichten und Jugendromane aus Afrika, Asien und Lateinamerika in deutscher Übersetzung erscheinen. Ein BAOBAB-Buch öffnen heißt ein Fenster öffnen in eine Welt, die von uns weit entfernt liegt und uns nicht oder kaum vertraut ist. Ein Buch ist nicht die Welt. Es erzählt uns Menschengeschichten.

Die Übersetzung aus dem Persischen wurde unterstützt durch
die Gesellschaft zur Förderung der Literatur aus Afrika, Asien
und Lateinamerika e.V. in Zusammenarbeit mit der
Schweizer Kulturstiftung PRO HELVETIA.

Die Schreibweise in diesem Buch
entspricht den Regeln der neuen Rechtschreibung.

© 1992 Mohammad Reza Bayrami
Der Titel der Originalausgabe lautet: Kouh mara seda zad
Hoza Honari, Teheran 1992
Berechtigte Übersetzung aus dem Persischen von Jutta Himmelreich

Alle Rechte der deutschsprachigen Ausgabe vorbehalten
© 1999 Verlag Nagel & Kimche AG, Zürich
in Coproduktion mit dem Gabriel Verlag, Wien 1999
Alle Rechte der Verbreitung, auch durch Film, Funk und Fernsehen,
fotomechanische Wiedergabe, Tonträger, elektronische Datenträger
und auszugsweisen Nachdruck, sind vorbehalten.
Umschlag: Regine Tarara
Lektorat: Isabel Stümpel, Kinderbuchfonds Baobab, Basel
ISBN 3-7072-6611-7 Gabriel Verlag
(Vertrieb Österreich und Südtirol)
ISBN 3-312-00518-3 Verlag Nagel & Kimche
(Vertrieb alle Länder außer Österreich und Südtirol)